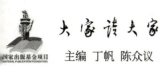

国家出版基金项目

主编 丁帆 陈众议

樱桃园记

童道明 著

作家出版社

图书在版编目(CIP)数据

樱桃园记 / 童道明著；丁帆，陈众议主编．
—北京：作家出版社，2020.4
（大家读大家丛书）
ISBN 978 - 7 - 5212 - 0725 - 5

Ⅰ.①樱… Ⅱ.①童… ②丁… ③陈… Ⅲ.①俄罗斯
文学-文学研究 Ⅳ.①I512.06

中国版本图书馆 CIP 数据核字（2019）第 208590 号

本书受"南京大学人文社科资助项目"资助。

樱桃园记

主　　编：丁　帆　陈众议
作　　者：童道明
责任编辑：丁文梅
出 品 人：刘　力
策　　划：江苏明哲文化发展有限公司
特约编辑：倪　亮　叶　觅　张士超
出版发行：作家出版社有限公司
社　　址：北京农展馆南里 10 号　　邮　　编：100125
电话传真：86 - 10 - 65067186（发行中心及邮购部）
　　　　　86 - 10 - 65004079（总编室）
E - mail：zuojia@zuojia. net. cn
http://www. ZUOJIACHUBANSHE. COM
印　　刷：河北鹏润印刷有限公司
成品尺寸：145×210
字　　数：170 千
印　　张：8.875
版　　次：2020 年 4 月第 1 版
印　　次：2020 年 4 月第 1 次印刷
ISBN 978 - 7 - 5212 - 0725 - 5
定　　价：43.00 元

大家来读书

世界文学之流浩荡，而我们却只能取其一瓢一勺。即便如此，攫取主流还是支流？浪花还是深水？用瓢还是用勺？诸如此类，又不是三言两语可以说得清道得明的。

本丛书由丁帆和王尧两位朋友发起，邀约了外国文学文化研究的十位代表性学者。这些学者对各自关心的经典作家作品进行富有个性的释读，以期为同行和读者提供可资参考的视角和方法、立场和观点。本人有幸忝列其中，自然感慨良多，在此不妨从实招来，择要交代一二。

首先，语言文学原本是人文的基础，犹如数理之于工科理科；然而，近二三十年来，文学的地位一落千丈。这固然有历史的原因，譬如资本的作用、市场的因素、微信的普及、人心的躁动，等等。曾经作为触角替思想解放、改革开放（在国外何尝不是这样？）探路的文学，其激荡的思想、碰撞的火花在时代洪流中逐渐暗淡，褪却了敏感和锐利，以至于"返老还童"为"稗官野史""街谈巷议"，甚或哼哼唧唧和面壁虚设。伟大的文学似乎正在离我们远去。当然，这不能怪世道人心。文学本就是世道人心最重要的组成部分和表现方式；而且"人心很古"，这是鲁迅先生诸多重要判断中的一个，我认为非常精辟。再则，在任何时代，伟大的文学都是凤毛麟角。无论是文艺复兴运动时期或 19 世纪的西方，还是我国的唐宋元明清，大多数文学作品都会被历史的尘埃所湮没，唯有极少数得以幸免。而幸免于难的原因要归功于学院派（哪怕是广义学院派）的发现和守护，以便完成和持续其经典化过程。然而，随着大众媒体的衍生，尤其是多媒体时代的来临，学院派越来越无能为力。我这里之所以要强调语言文学，就是因为它正在被资本，甚至图像化和快餐化引向歧途。

其次，学术界的立场似乎也已悄然裂变。不少同仁开始有意无意地抛弃文学这个偏正结构的"大学之道"，既不明明德，也不亲民，更不用说止于至善。一定程度上，乃至很大范围内，批评成了毫无标准的自说自话、哗众取宠、谩骂撒泼。于是，伟大的传统——马克思主义被轻易忽略。曾几何时，马克思用他的伟大发现揭示了人类社会发展的基本规律，但是他老人家并不因为资本主义是其中的必然环节而放弃对它的批判。这就是立场。立场使然，马克思早在资本完成国家垄断和国际垄断之前，就已为大多数人而对它口诛笔伐。这正是马克思褒奖巴尔扎克和狄更斯等批判现实主义作家的重要因由。同时，从方法论的角度，恩格斯对欧洲工人作家展开了善意的批评，认为巴尔扎克式现实主义的胜利多少蕴涵着对世俗、时流的明确悖反。尽管巴尔扎克的立场是保守的,但恩格斯却从方法论的角度使他成了无产阶级的"同谋"。这便是文学的奇妙。方法有时也可以"改变"立场。这时,方法也便获得了一定的独立性。在致哈克奈斯的信中,恩格斯说:"我决不是责备您没有写出一部直截了当的社会主义的小说,一部像我们德国人所说的'倾向小说',来鼓吹作者的社会观点和政治观点。我的意思决不是这样。作者的见解愈隐蔽,对艺术作品来说就愈好。我所指的现实主义甚至可以违背作者的见解而表露出来。让我举一个例子。巴尔扎克,我认为他是比过去、现在和未来的一切左拉都要伟大得多的现实主义大师。"由是,恩格斯借马克思的"莎士比亚化"和"席勒式"之说来提醒工人作家。

再次,目前盛行的学术评价体系正欲使文学批评家成为"文本"至上的"纯粹"工匠。量化和所谓的核刊以某种标准化生产机制为导向,将批评引向千篇一律、千人一面的劳作。于是,一本正经的钻牛角尖和煞有介事的言不由衷,或者模块写作、理论套用,为做文章而做文章的现象充斥学苑。批评和创作分道扬镳,其中的作用和反作用形成恶性循环。尤其是在网络领域,批评的缺位使创作主体益发信马由缰、肆无忌惮。

说到这里,我想一个更大的恶性循环正在或已然出现,它便是读者的疏虞。文学本身的问题使读者渐行渐远。面对商家的吆喝,读者早已无所适从。于是,浅阅读盛行、微阅读成瘾。经典的边际被空前地模糊。我们这个发明了书的民族,终于使阅读成了一个问题。呜呼哀哉! 这对谁有利呢? 也许还是资本。

以上固然只是当今纷繁文学的一个面向，而且是本人的一孔之见，不能涵盖文学的复杂性；但文学作为资本附庸的狰狞面相已经凸现，我们不能闭目塞听，更不能自欺欺人。伟大的作家孤寥寂寞。快快向他们靠拢吧！从这里出发，从现在开始……

是为序。

陈众议

2018 年 7 月 25 日于北京

目　录

Ⅰ　樱桃园记

"功夫深处却平夷"

——谈契诃夫的小说创作

契诃夫有无数的知音,《洛丽塔》作者纳博科夫应是其中较有公信力的一位了吧,这位美籍俄裔作家曾向普天下的读者进言:"我诚心诚意地建议诸位尽可能经常地拿出契诃夫的书来读读(即使经过翻译走了样儿也不要紧),并按照作者的意图陷入遐想。"

读过好书之后"陷入遐想",这是阅读的一种很高的境界。我们知道一些优秀的读者,在阅读了契诃夫的作品之后是如何"陷入遐想"的。

高尔基说:"阅读契诃夫的小说,感觉自己像是置身于一个忧郁的秋日。"

曹禺说:"读毕了《三姐妹》,我合上眼眼前展开那一幅秋天的忧郁。"

契诃夫与其他的 19 世纪俄国文豪不同,他的作品派生出了一个"契诃夫情调"的文学概念。高尔基和曹禺读了契诃夫的作品之后的遐想与感悟,恰恰给我们掀开了一点"契诃夫情调"的面纱。

其实,契诃夫本人就曾把"秋天"和"忧郁"联系到了一起。他那篇脍炙人口的小说《带阁楼的房子》里,就有这样的一句:"那是八月间的一个忧郁的夜晚——说忧郁因为已经有了秋天的气息。"

这样,我们就明白了,所谓"契诃夫情调",就是一种略带忧伤的美。千千万万的有审美感应力的读者自然是会欣赏这样的文学情调的。

然而,契诃夫也有"怒目金刚"式的作品,如《第六病室》。有良知的好端端的人,竟被关进监狱般的"第六病室"了。少年列宁读了这篇小说后也产生了"遐想",以为自己也被关在这所监狱里了。

刚刚提到了《带阁楼的房子》,读过这篇小说的人都记得结尾那一句:"米修司,你在哪里?"这一句略带忧伤的抒情的问语,立即能唤起读者对于一个可怜的人物命运的"遐想"。当然,还要思索我们的生活,思考我们应怎样生活得更合理……

契诃夫有篇并不出名的小说《谜样的性格》(1883)。一个作家听一个美女讲她的奇怪的身世:她渴望着过幸福的生活,却两度嫁给了富有的糟老头。作家听了她的故事后,"叹了口气,带着心理专家的神情沉思起来"。

当然,读者读了同样是契诃夫创作于 1883 年的小说,如《一个官员之死》《胖子与瘦子》,也会"叹了口气,沉思起来"的。

纳博科夫在一篇随笔中说:"我似乎是与契诃夫坐在同一

条船里，我喜欢这样的并肩相伴。安东·巴甫洛维奇在垂钓，而我在欣赏水面上飞舞的蝴蝶。"

多么浪漫而又令人神往的"遐想"！这是只有像纳博科夫那样的天才读者，才能通过阅读契诃夫，在心灵上与契诃夫接近了，接近到了可以产生与他"并肩相伴""同船过渡"的"遐想"。

契诃夫有句名言："简洁是天才的姐妹。"这句话出自他1889年4月11日写给他哥哥亚历山大的一封信中。而在三天前的4月8日，契诃夫在给苏沃林的信中，发表了同样的观点："学着写得有才气，就是写得很简洁。"

有个实际的事例可以说明契诃夫对于简洁的追求。

1886年契诃夫写了篇小说《玫瑰色的袜子》。小说主人公索莫夫娶了个文化水平很低的老婆，但他并不介意。"怎么的?"索莫夫想，"想着谈谈学问上的事儿，我就去找纳塔丽娅·安德烈耶芙娜……很简单。"但《花絮》主编列依金发表这篇小说时，自作主张在小说结尾处加了一句："不的，我不去，关于学问上的事儿，我可以跟男人们聊聊。他做了最后的决定。"尽管列依金是契诃夫的恩师，但契诃夫还是用幽默的口吻写信去表示了异议："您加长了《玫瑰色的袜子》的结尾，我不反对因为多了一个句子而获得八戈比稿酬，但我以为，这里与男人不相干……这里说的仅仅是女人的事……"

契诃夫惜字如金，他的小说不少是开门见山的。

像《胖子与瘦子》（1883）："在尼古拉叶夫斯基铁路的一个

火车站上，有两个朋友，一个是胖子，一个是瘦子，碰见了。"

像《牵小狗的女人》（1899）："听说，海边堤岸上出现了一张新面孔——一个牵小狗的女人。"

《牵小狗的女人》是契诃夫的一个少有的写爱情的小说，但小说里见不到一点男女主人公之间的肌肤相亲的场面，契诃夫只是告诉我们："只要到了现在，当他头已经白了，他才真正用心地爱上了一个人。"然后就是写两个人分手后的长相思，也写到了幽会（但没有用笔墨去描摹幽会的浪漫场面），而小说的结尾也是能让读者与两个相爱着的男女主人公一起"陷入遐想"的：

似乎再过一会儿，就会找到办法了，新的美好的生活就要开始了。但他们两人心里都清楚：距离幸福的目的地还很遥远，最复杂和困难的路程才刚刚开始。

说到契诃夫式的"简洁"，我还想拿小说《阿纽塔》（1886）作例。阿纽塔是学生公寓里的一个女佣，二十五岁光景，她服侍的对象是个医学院三年级学生克留契科夫，唯命是从地听从这位大学生的使唤，还"与他同居"。这天，克留契科夫已经动了将要辞退阿纽塔的念头，说："你要知道，我们早晚要分手的。"而在这之前，契诃夫只用了短短的一段文字交代了阿纽塔的生活"前史"：

在这六七年间,她辗转在这些公寓房子里,像克留契科夫这样的大学生,她已经交往过五个。现在他们都已大学毕业,走上了人世间,当然,他们也像所有的有身份的人一样,早就忘记了她。

我读到这里,心里升起了莫名的惆怅,同时也被契诃夫的简洁的笔法所感染,我由眼前的克留契科夫而想象到了阿纽塔之前伺候过的五个大学生的面影,又由那五个大学生的情状而想到克留契科夫"走上了人世间"后也会把阿纽塔忘得一干二净的。

简洁的笔法能给读者提供一个很大的想象空间。

还在莫斯科大学医学系念书的时候,契诃夫就开始了文学创作,那时他都往幽默刊物投稿,而且署的都是笔名,用得最多的笔名是安东沙·契洪特,所以也有学者把契诃夫初登文坛的时期称为"安东沙·契洪特时期"。而且,研究者们都倾向于把《一个官员之死》(1883)、《胖子与瘦子》(1883)、《变色龙》(1885)、《普里希别叶夫中士》(1885)等视为众多幽默小说中的杰作。

契诃夫是怀着什么样的人文精神与道德诉求踏上文坛的呢?这可以从他的两封书信中看出端倪。

1879 年 4 月 6 日,契诃夫给弟弟米沙写信说:"弟弟,不是所有的米沙都是一个样子的。你知道应该在什么场合承认自己的渺小？在上帝面前，在智慧面前，在美面前，在大自然面前，但不是在人群面前。在人群中应该意识到自己的尊严。"

1889年1月7日，契诃夫写信给苏沃林说："您写写他吧，写这个年轻人是如何把自己身上的奴性一滴一滴地挤出去的。"

一个小小的"文官"在一位将军面前的恐惧，一个"瘦子"在一个"胖子"面前的谄媚，一个"警官"在一只可能是将军家的"小狗"面前出乖露丑，一个"一看见有人犯上就冒火"的"中士"，都丢掉了"人的尊严"，暴露了"身上的奴性"。契诃夫通过对于人身上的"奴性"的入木三分的揭露，弘扬的正是维护人的尊严的人文主义精神。

除了"奴性"外，契诃夫还发现另一种人性的扭曲，那就是普通人不甘于当普通人的浮躁。因此，我们以为在《一个官员之死》之前发表的《欣喜》（《喜事》1883），也是值得一读的契诃夫早期创作中的佳作。

这个幽默小品写一个十四品文官是怎样因为在报纸上看到了自己的名字而欣喜欲狂的——"现在全俄罗斯都知道我了！我名扬全国了！"

而这位官职低得不能再低的文官是因为什么才名字上报的呢？原来是因为他是一桩交通事故的当事人而上了报纸的社会新闻！

后来，契诃夫在小说《灯火》（1888）里，也通过一个细节描写，对"小人物"不甘心当"小人物"的"小人物心理"作了令人悯笑的展示："还有一个叫克罗斯的人，想必是个微不足道的小人物吧，他是多么深切地意识到了自己的渺小，以至于使出狠劲，将自己的名字用小刀往公园亭子栏杆上刻进去一寸深。"——这是俄罗斯式的"×××到此一游"。

这就是为什么高尔基能从契诃夫的这些幽默小品中，"听到他因为对那些不知道尊重自己人格的人的怜悯而发出的无望的叹息"。

《契诃夫小说选》的选家一般都不会漏掉《一个官员之死》等幽默小品名篇，我想除了它们的幽默品质、思想力度外，也因为它们可称是契诃夫的简洁文笔的典范。

举知名度最高的《一个官员之死》作例。

在所有的幽默小品中，《一个官员之死》是最接近"黑色幽默"的。"打喷嚏总归不犯禁的"，但这个名叫切尔维亚科夫的小官，"在一个美好的傍晚"去看戏，因为打了个喷嚏而惹了大麻烦。因为他怀疑唾沫星子可能喷到了坐在他前面的文职将军的身上，于是前后五次赔着小心，惶惶不安地向将军做出解释，赔礼道歉，而被这个小庶务官的反复赔罪搞得不耐烦的文职将军，终于铁青了脸对他大吼一声"滚出去!"而小官员听了这一声"滚出去"之后，"肚子里似乎有什么东西掉下去了。他什么也看不见，什么也听不见，退到门口，走出去，慢腾腾地走着……他信步走到家里，脱掉制服，往长沙发上一躺，就此……死了"。

小说的结尾一点都不拖泥带水，却凸显了这个小官员之死的荒诞意味。

此外，契诃夫并没有在这个小官员的外部形态上费笔墨，他的胆小怕事的人物性格与心理状态，也是通过人物本身的性格化的动作与言语加以展示的。

库列晓夫教授所著《俄国文学史》(1989)里，在契诃夫生平年表中，专门开列了"1886 年 3 月 25 日"这一条："德·格利戈罗维奇致契诃夫的著名信件，热情赞扬他的才华已经远远超出新一代作家群体。这是契诃夫天才的'发现'。"

格利戈罗维奇是与别林斯基同时代的文坛前辈，他读了契诃夫的《猎人》(1885)异常兴奋，于 1886 年 3 月 25 日给契诃夫写信，说《猎人》已有屠格涅夫小说的味道，但在赞美契诃夫的非凡天赋的同时，也希望他要严肃地对待创作，不要辜负了自己的天赋。

契诃夫接到信后立即于 3 月 28 日给这位文坛长辈写了回信，信的开头可以想见契诃夫当时的受宠若惊的激动：

> 我亲爱的，深深敬爱的佳音使者，您的来信像闪电一样感动了我。我激动得几乎要哭泣，现在我的心灵也还不能平静。我不知道该说些什么和做什么来报答您，就像您抚慰了我的青春，但愿上帝能安慰您的晚年……

契诃夫的确用实际行动来报答了格利戈罗维奇的眷顾，他决定不再虚掷光阴,无谓地消费才赋。很可注意的是,他在接到格利戈罗维奇的信之后不久,写了一篇题为《天才》的小说。

这篇发表在 1886 年 6 月的《花絮》上的小说,写了三个画家朋友的争论,但紧接着契诃夫写了一段不无感慨的警世之言:

> 如果听一下他们讲的,那么前途啦,名望啦,金钞啦,他们已经都到手了。他们竟没有一个人想到:光阴荏苒,日子一天天过去,他们吃掉别人很多面包,自己的工作却还没有做出一点成绩。他们也没有想到:他们三人都受一条铁面无情的规律约束,根据这条规律,一百个大有希望的新手只有两三个能够出人头地,其余的一概成为废品,扮演着炮灰的角色而消失得无影无踪。

19 世纪后叶的俄罗斯,休闲类的幽默刊物林立,吸引众多的初登文坛的文学青年,但从这些数以百计的"新手"中脱颖而出,"出人头地"的也就是契诃夫一人。契诃夫获得成功的秘密就是及时地转移了创作的方向——从幽默文学转向严肃文学。著名文学评论家霍达谢维奇在契诃夫去世二十五周年时写了篇《论契诃夫》的文章,用生动的语言描述了契诃夫的文学"转型":"契诃夫像是用一只既柔和又严厉的手掌摸到了安东沙·契洪特的脸上,说:'别做怪脸了! 别再调皮了!'"

在这只手掌的调教下,他的面孔越来越严肃,最后变得非常忧伤。"……契诃夫终于从一个幽默作家变成了一个抒情作家，但继续以日常生活作为自己的创作素材。在完善自己的写作技巧的同时，契诃夫同时也改变了与自己笔下人物的内在关系。起初他把他们表现为庸人，继而把他们表现为怪人，后来把他们表现为普通人，再后来开始在他们身上寻找优点，最终对他们怀抱起巨大的爱。而他们以同样的爱报答他：契诃夫的俄罗斯热爱契诃夫，向自己的作者鼓掌致谢。之所以要感谢他，是因为他用自己的抒情诗为他们的存在做了辩护……"

霍达谢维奇所说的契诃夫"从一个幽默作家变成了一个抒情作家"，也就是契诃夫从安东沙·契洪特回归到了他契诃夫自身。这转折的一年就是 1886 年。

但转折的端倪在 1885 年就能发现了。像前边已经提到过的《猎人》。一个村妇对她的"猎人"丈夫的无望的苦恋与等待，是能让人在心中生出惆怅来的。而《哀伤》的调子就更加忧郁了。这篇小说通篇说的都是镟匠格里高里·彼德洛夫的"哀伤"：他与老婆生活了四十年，但从来没有好好地相亲相爱地生活过，现在老婆得了重病，快要死了，他多么希望"再从头生活一回"，于是，"哀伤出其不意地、神不知鬼不觉地、不请自来地钻进镟匠的心里"了。

1886 年，契诃夫写了一篇像童话一样美丽的小说《玩笑》。那个名叫纳嘉的少女，为了能再次在风中听到"纳嘉，我爱你"这句神秘的呼唤，冒死从山顶向深渊滑去，真是水灵得可爱。

《玩笑》和 1888 年的《美女》说明契诃夫开始用心抒写女性之美了。

1886 年最重要的作品无疑是《苦恼》。

《苦恼》的题词引自《旧约全书》:"我拿我的烦恼向谁诉说……"这篇小说的情节很简单:刚刚死去了儿子的马车夫姚纳,想把他的丧子之痛讲给别人听,但没有一个人愿意听他的诉说,最后,这位马车夫不得已,只好把他内心的痛苦讲给马听。小说的结尾是这样的:

> 小母马嚼着干草,听着,闻闻主人的手……
>
> 姚纳讲得有了劲,就把心里的话统统讲给它听了……

这个出乎意料的结尾,当然也显示了契诃夫的幽默才华,但这个含着眼泪的幽默已经与他早期创作的供人解颐的幽默不可同日而语了。

然而,《苦恼》的价值主要还不是在于它表现了马车夫姚纳的苦恼,而是在于通过无人愿意倾听姚纳的苦恼这一事实,昭示了一个最令人苦恼的人间悲哀,那就是人与人之间的隔阂。人与人之间的隔阂是 20 世纪文学的一个主题。而 19 世纪的契诃夫已能在自己的作品中触及这个现代文学的主题了,所以,我们可以同意这样一个观点,契诃夫生活在 19 世纪,但他的思想属于 20 世纪。

自《苦恼》开端的表现人与人之间的隔膜的题旨,后来在契诃夫的作品中一再重复,成了成熟的契诃夫创作的一个潜在的主题,而且这个主题是不断深化着的。如果说在《苦恼》中,我们看到的人与人之间的隔阂也还来自人不肯与别人进行交流(别人不愿意听马车夫姚纳诉说他的丧子之痛),那到了后来,契诃夫想告诉我们:即便是在存在着交流,甚至是在充分的交流的情况下,人与人之间还是存在隔膜,互相无法在心灵上沟通起来。

1886 年契诃夫也写有一篇幽默小说《一件艺术品》,在这个精致的小品中,契诃夫用幽默的手法,展示着人与人之间的"隔膜"。

而正是契诃夫的这种对于人生困顿的洞察力,使他的创作更具有时代精神。

因此,我们可以赞同德·斯·米尔斯基在《俄国文学史》中发表的一个观点:"在表现人与人之间无法逾越的隔膜和难以相互理解这一点上,无一位作家胜过契诃夫。"

契诃夫 1886 年写的小说里,《信》值得拿出来专门说一说。

《信》得到过柴可夫斯基的激赏。这位作曲家读过《信》后给他弟弟写信说:"契诃夫在《新时报》上登的那篇小说昨天完全把我征服了。他果真是个大天才吧?"

这篇小说是围绕着一封"信"展开的。执事留彼莫夫的儿子彼得鲁希卡在外边上大学,有行为不检点的过失,执事便去央求修道院长写封信去教训教训儿子。修道院长写了封言辞十分严厉的信。神父看过信后劝执事别把这封信寄走,说"要是连自己的亲爹都不能原谅他,谁还会原谅他呢"。经神父这么一劝,执事开始思念儿子,"他尽想好的、温暖的、动人的……"最后执事在修道院长写的信后面添了几句自己的话,而"这点附言完全破坏了那封严厉的信"。

契诃夫用灵动的笔触,把执事留彼莫夫的心理活动及深埋在心里的父爱描写得既真实又生动。

书信也每每出现在契诃夫的其他一些小说里。试看小说名篇《万卡》(1886)。九岁的万卡在一家鞋铺当学徒,备受店主欺凌,便给乡下的爷爷写信求救:"亲爱的爷爷,发发慈悲带我回家,我再也忍受不了啦!"但万卡在信封上写了"寄交乡下的祖父收",是一封注定无法投递的死信。这让读者读后怆然有感,知道在契诃夫的幽默里是闪动着泪光的。

《第六病室》(1892)也是契诃夫的一篇小说代表作,"书信"是在小说尾声出现的。此刻,拉京医生已经处于濒死状态——"随后一个农妇向他伸过手来,手里捏着一封挂号信……"

这封没有展读的神秘的挂号信的内容,想必也应该是和正直的拉京医生的思想相吻合的吧。

拉京医生在小说里发表了不少激愤的言辞,最让人动容的是这一句:"您(指无端被关在'第六病室'的智者伊凡·德米特里奇)是个有思想、爱思考的人。在随便什么环境里,您都能在自己的内心找到平静。那种极力要理解生活的、自由而深刻的思索,那种对人间无谓纷扰的十足蔑视——这是两种幸福,此外人类还从来没有领略过比这更高的幸福呢。"

19 世纪俄国文坛有两大奇观——托尔斯泰的日记和契诃夫的书信。

契诃夫留下了四千多件信札,占了他全部文学遗产的三分之一强。在契诃夫的书信里有他的真性情和大智慧。

在柴可夫斯基喜欢的契诃夫小说中,还有同样是发表于1887 年的《幸福》。这篇小说写两个牧羊人(一个年老的一个年轻的)和一个管家在一个草原之夜的幻想——对于幸福的幻想。而在契诃夫的描写中,草原上的天籁之音成了诗一般的交响:

> 在朦胧的、凝固似的空气中,飘荡着单调的音响,这是草原之夜的常态。蟋蟀不停地发出唧唧之声,鹌鹑在鸣叫,离羊群一里开外的山谷里,流着溪水,长着柳树,年轻的夜莺在无精打采地啼啭。

很能说明问题的是,另一位俄罗斯大作曲家拉赫玛尼诺夫,也是契诃夫作品的崇拜者,他的研究者说,最让这位作曲家倾倒的,是"美妙的契诃夫的音乐性"。

最早指出契诃夫作品的音乐性的,是俄罗斯戏剧家梅耶荷德,他曾称契诃夫的剧本《樱桃园》"像柴可夫斯基的交响乐"。

当然,音乐性不仅来自声响,同样也来自张弛有致的节奏,

甚至来自有意味的无声的交响,请看《幸福》是如何结尾的:

> 老人和山卡(即两个一老一少的牧羊人——引者)各
> 自拄着牧杖,立在羊群两端,一动也不动,像是苦行僧在祷
> 告。他们聚精会神地思索着。他们不再留意对方,各人生
> 活在各人的生活里。那些羊也在思索……

契诃夫真正名扬俄罗斯文坛,是从 1888 年开始的,这一年
他因为小说集《在黄昏中》而获得普希金文学奖。

而 1888 年最重要的,也是得到了广泛好评的小说是《草
原》。契诃夫完成的文学创作中没有长篇小说,这是他篇幅最
长的小说。诗人普列什耶夫读过《草原》,立即给契诃夫写信
说:"我如饥似渴地读完了它,它是如此的美妙,如此的诗意盎
然,柯罗连科也有同感。"

柯罗连科是契诃夫敬重的名作家,如果他也喜欢《草原》,
就可以想见这个作品的影响力了。而且契诃夫自己也看重《草
原》,认为这是一篇他迄今写得最尽心力,自己也最为满意的
作品。

《草原》的开头颇有点长篇小说的气魄——

> 七月里一天清早,有一辆没有弹簧的、脱了皮的带篷
> 马车走出某省的某县城,顺着驿路,一片响声地滚动着;像

这种非常古老的马车，眼下在俄罗斯，只有商人的伙计、牲口贩子、不大宽裕的神甫才会乘坐了。

为什么说《草原》的开篇有点长篇小说的气魄呢？因为它多少让人联想起果戈理的长篇小说《死魂灵》的开头——

在省会 NN 市的一家旅馆门口，驶来了一辆相当漂亮的小型弹簧轻便折篷马车，乘坐这种马车的多半是单身汉：退伍的中校啦，上尉啦，拥有大约百把个农奴的地主啦，总而言之，一切被人叫作中等绅士的那些人。

相似是明显的，但不同更加明显。《死魂灵》里的马车"相当漂亮"、带着"小型弹簧"，乘坐的是"中等绅士"，而到了《草原》里，马车已经"没有弹簧、脱了皮"，乘坐的也都是"不大宽裕的"商人的伙计、牲口贩子、神甫之流。

契诃夫自己也意识到他的《草原》与果戈理有点瓜葛。1888 年 2 月 5 日他在给一位俄国作家的信中不无幽默地写道："我知道，果戈理在那个世界上会生我气的。在我们的文学中他是草原之王。我怀着善意闯入了他的领地……"也是在这封信里，契诃夫表述了他的一个艺术观念："艺术家的全部精力应该贯注于两种力量：人和自然。"

契诃夫在创作《草原》时，真是全神贯注于"人和自然"这两种力量了。

在《草原》里，自然，即草原，不单单是作为人活动的背景存在的。这个草原被契诃夫拟人化后具有了自己的人格力量——

> ……云藏起来，被太阳晒焦的群山皱起眉头，空气驯顺地静下来，只有那些受了惊扰的田鼠不知在什么地方悲鸣，抱怨命运……

> 在七月的黄昏和夜晚，鹌鹑和秧鸡已经不再叫唤，夜莺也不在树木丛生的峡谷里唱歌，花卉的香气也没有了，不过草原还是美丽，充满了生命。太阳刚刚下山，黑暗刚刚笼罩大地，白昼的烦闷就像忘记了，一切全得到原谅，草原从它那辽阔的胸脯里轻松地吐出一口气。仿佛因为青草在黑暗里看不见自己的衰老似的，草地里升起一片快活而年轻的鸣叫声……

> 在美的胜利中，在幸福的洋溢中，透露着紧张和悲苦，仿佛草原知道自己孤独，知道自己的财富和灵感对这世界来说白白荒废了，没有人用歌曲称颂它，也没有人需要它；在这欢乐的闹声中，人听见草原悲凉而无望地呼喊着：歌手啊！歌手啊！

从最后一节引文里，已经可以听到契诃夫的叹息声，那是因为如此美丽的草原竟然"没有人用歌曲称颂它",契诃夫是在感叹"美的空费"。也是在 1888 年,契诃夫写了篇题名《美女》的小说,小说以第一人称作为叙事主体,这个"我"在一个闭塞的穷乡,在一个偏远的小站里,见到了两个"美女",心中竟也产生了"美的空费"的感喟,以至于"在春天的空气里,在夜空中,在车厢里,都笼罩着一片忧伤"。

草原的美无人欣赏、无人歌唱,因而草原"孤独",知道自己的美丽与财富"白白荒废了"。这是草原的悲剧。草原的悲剧来自人的悲剧。现在让我们看看,《草原》里活动着一些什么样的人。

《草原》有个副标题:"一个旅行的故事。"一个名叫叶果鲁希卡的九岁的孩子,跟着他做生意的舅舅库兹米巧夫乘一辆马车穿行辽阔的草原,到一个小城去上学。同行的还有神甫赫利斯托佛尔。库兹米巧夫关心的是找到一个经常在草原上游荡的比他财富更多的瓦尔拉莫夫。瓦尔拉莫夫只是在第六章末尾出现了一次。此人一点不可爱。"他的外表尽管平常,可是处处,甚至他拿鞭子的气派,都表现了掌握着权力和经常称霸草原的感觉。"

瓦尔拉莫夫之所以能"称霸"草原,是因为他的钱财最多。驿店店主的弟弟所罗门关于这种人际关系的奥秘有过透彻的说明。他对来到驿店歇脚的库兹米巧夫和赫利斯托佛尔说:"我是哥哥的奴才;哥哥是客人的奴才;客人是瓦尔拉莫夫的奴才;要是我有一千万卢布,瓦尔拉莫夫就会做我的奴才。"

在这一个被商业利益所驱动的人群里,赫利斯托佛尔神甫要算是最有文化的了,但就是他也对草原的美景无动于衷。当五天的草原旅行完结之后,这位已经赚得了一笔钱的神甫是这样来谈论对这次草原旅行的感受的:"求求上帝拯救我们,万万别叫我们坐货车或者骑牛赶路了!上帝宽恕我们吧:走了又走,往前一看,总是一片草原,铺展开去,跟先前一样:看不见尽头!这不是旅行,简直是胡闹嘛。"(第八章)神甫尚且如此,就不必指望在这一群人当中会有什么别的人来欣赏草原、歌唱草原了。

《草原》表现的另一个人群是货车队的车夫们。叶果鲁希卡跟这个货车队相处了两天之后,发现"这些新朋友,尽管年龄和性格不同,却有一个使他们彼此相像的共同点:他们这些人过去都很好,现在都不好","这些人都是受了侮辱的、命运不济的人"。这些苦命的车夫们要整日为自己的温饱操心,自然也不会有心思去欣赏草原的美色。

在这个车夫群中,最引人注目的,是长一头金色的卷发、身体十分强壮、有"捣乱鬼"诨号的迪莫夫。他一亮相,就让我们知道他无缘无故地、恶狠狠地打死了一条无害的小蛇。下边,小说对他又做了这样一番描写:"他扭动着肩膀,两手插在腰上,说笑的声音比谁都响亮,看样子好像打算用一只手举起一个很重的东西,震惊全世界似的。他那狂放的、嘲弄的眼光在大道、货车、天空上溜来溜去,不肯停留在什么东西上,好像因为无事可做,很想找个人来一拳打死,或者找个东西来取笑一

番似的。"(第四章)

就像草原"白白荒废了"自己的美丽一样,这个最强壮的迪莫夫也"白白荒废了"自己的力量。草原的命运与人的命运在这儿得到了对应。但这种人与草原(自然)的对应是以它们之间互相疏远的不和谐为基调的。和美丽的草原能够和谐起来的只有那个陶醉在幸福之中的康斯坦丁。他新婚不久,新娘回娘家了。"她一走,我就到草原上来逛荡。我在家里待不住。"——他这样说。他从一个篝火堆走到另一个篝火堆,为的是向陌生人诉说自己的幸福。这是小说里最亮的一个亮点。

小说的结尾也并不是乐观主义的。草原旅行结束了:叶果鲁希卡留在了准备上学的一个小城里。等到这个九岁的孩子看到舅舅和神甫已经离他而去,才感到:"这以前他所熟知的一切东西要随着这两个人一齐像烟似的永远消失了;他周身发软,往小凳上一坐,用悲伤的泪珠迎接这个对他来说现在还刚刚开始的、不熟悉的新生活……这生活又会是什么样子的呢?"

"这生活又会是什么样子的呢?"这说的是叶果鲁希卡的即将开始的生活。这说的也是俄罗斯的命运。契诃夫在《草原》里的对于草原命运以及在草原上逛荡的人的命运的思考,最终落脚到了对祖国命运的思考。

写过《草原》和《美女》,契诃夫于 1888 年 10 月 20 日写信与一位作家分享他的创作经验:"应该这样描写女人,让读者感觉到您是敞开了背心,解掉了领带在写作的。描写大自然也应如此。请把自由交给自己。"以后契诃夫还多次讲述"自由"对于作家创作的意义。

　　契诃夫写于 1888 年的《灯火》，是篇有争议的小说。作品发表不久，就有一位作家对它的结尾提出异议，只因为小说结尾处有这样一句："在这个世界上没有一件事弄得清楚。"契诃夫回信对这位批评者说："您关于我的《灯火》结尾的意见，我不敢苟同……我们不必不懂装懂，不如直接声明，在这个世界上没有一件事弄得清楚。只有傻瓜和骗子才什么都懂。"契诃夫还说："写文章的人，特别是艺术家，应该承认在这个世界上没有一件事弄得清楚，就像苏格拉底当年曾经承认的那样。"

　　契诃夫在这里，显然是想引证古希腊哲人柏拉图对话录中的《苏格拉底的申辩》。

　　公元前 399 年，在判处苏格拉底死刑的审判会上，苏氏为本人作了著名申辩。他说他之所以受人嫉恨，以致必欲置他于死地，与一个昭示"苏格拉底是世上最智慧的"神谶有关。

　　苏格拉底为了证明神谶有误，遂遍访他以为比自己更智慧的人，结果适得其反。

　　《申辩》的原文是这样的："我访了一位以智慧著称的人，想在彼处反驳神谶，复谶语曰：'此人智过于我，你却说我最智慧。'……我离开后，自己盘算着：'我是智过此人，我与他同是一无所知，可是他以不知为知，我以不知为不知。我想，就在这细节上，我确实比他聪明：我不以所不知为知。'再访比他更以智慧著称的人，也发现了同样的情况。于是除他以外，我又结怨于许多人。"

以上抄引的,是商务印书馆出版的严群先生的译本。从译文的遣词用语看,严先生翻译这段苏格拉底的申辩词时,大概联想到了孔子名言"知之为知之,不知为不知,是知也"(《论语·为政》)。

这样的联想是合理的。苏格拉底不可能读过《论语》,但在对于智慧的体认上,古希腊和中国的两位先哲的确所见略同。但在表述上,孔子平和,苏氏尖刻。

"知之为知之,不知为不知,是知也。"这是智慧的辩证。

而且借助急智式的语句组接,让"是知也"紧贴"不知"二字,细细玩味,不无幽默意味。与这类似的急智式的"子曰",还有如《论语·卫灵公》篇里的两则:

> "不曰'如之何,如之何'者,吾未如之何也已矣。"(对于不说"怎么办,怎么办"的人,我不知该怎么办。)
>
> "过而不改,是谓过矣。" (有了过错不能改正,那就是真的过错了。)

林语堂认为《论语》中不乏幽默,我们不妨把这种急智式的表述视为孔子幽默的一例。

"他以不知为知,我以不知为不知,所以我智过此人。""我只知我一无所知。"这是智慧的反嘲。反嘲同样是在阐述一个真理,一种智慧,但由于运用了反嘲,似乎在绕着脖子骂人又显着故意的漫不经心,后来成了西方幽默的一种模式。

关于这种西方智慧的幽默特点,英国哲学家罗素在《西方的智慧》一书中有过论述:

> 柏拉图对话录指出:苏格拉底是一位富于极生动的幽默感和尖刻的机智的人。他出名而又令人生畏的是他的"反嘲",反嘲是一个希腊词,原意颇像英语的"有意识的轻描淡写"。因此当苏格拉底说他只知道他一无所知时,他是在反嘲,虽然常常在开玩笑的表层下面潜藏着严肃的论点。

契诃夫说他在小说《灯火》中"承认在这个世界上没有一件事弄得清楚",就像当年苏格拉底曾经承认自己"一无所知"那样。所以应该说在《灯火》中也有反嘲式幽默的底蕴,然而契诃夫还有契诃夫式的艺术手段。

契诃夫主张人在大自然面前要保持冷静。他的小说中的景物描写,在很多场合与其说是触景生情,毋宁说是触景生理。《灯火》的开头对灯火闪烁的夜景作了一番描写之后,接着便是"触景生理"的抒情插话:"似乎有某种秘密被掩埋到了路基下,只有灯火,夜空和电线才知道似的……"

既然有那么多的人生秘密和宇宙秘密我们不得而知("似乎只有灯火才能知道这秘密"),那么何必不坦然承认我们的"不知"呢?!何不像苏格拉底那样,把承认自己的"不知"视为胜人一筹的智慧呢？

到了小说结尾处，长夜已过，灯火已灭，契诃夫把这个思想又结合着晨景的描写，冷静地强调了出来——

> 我想，这被太阳灼伤的平原，这辽阔的天空，这远处一大片黑色的橡树林和雾气重重的地平线，似乎都在告诉我："是的，这世界上什么都弄不明白！"

阳光、平原、蓝天、森林等自然景观，在这里不是像通常的那样，告诉我们世界多么美丽，而是出乎意料地告诉我们"这世界上什么都弄不明白"。

似乎都在说一个"知之为知之，不知为不知"的道理，而且都产生了某种幽默效果，但手段有异。孔子用的是急智，苏格拉底用的是反嘲，契诃夫用的是触景生理的突兀。

契诃夫在 1894 年 12 月 12 日写给友人的信里说：

> 您在最近一封信里问我："现在俄国人需要希望什么？"我的回答是：希望。他首先需要希望、热情。

继《草原》和《灯火》之后，1889 年契诃夫创作了又一部中篇小说《没有意思的故事》。

小说的副标题是"摘自一个老人的札记"。这个"老人"是一位德高望重的教授尼古拉·斯捷潘诺维奇，他六十三岁了，很快就要死去,整篇小说就是这位老教授的自白,而且是痛苦的自白。

对于契诃夫的人物,我们的观察点不是在于他是个"好人"还是个"坏人",而是看看这个人物是不是在"痛苦"着。凡是"痛苦"着的人物,一定是深得契诃夫同情与好感的。尼古拉·斯捷潘诺维奇就是这样一个"痛苦"着的人物。

这位老教授原本以为自己是个成功人士:"三十年来,我一直是一个受学生爱戴的教授,我交了些好朋友,享受了光荣的名望。我恋爱过,由于热烈的爱情结了婚,有了子女。一句话,只要回头一看,我就看见我的一生像是一篇由天才写出来的好文章。"

然而,经过了晚年的深刻反思之后,教授最终得出的结论却是:"我活过的六十二年的岁月,只应该算是白白地流走了。"为什么会是这样呢?

小说主人公在最后给出了终极的答案:

　　……我清楚地觉得我的欲望里缺乏一种主要的、一种非常重大的东西。我对科学的喜爱、我要生活下去的欲望……凡是我根据种种事情所形成的思想、感情、概念,都缺乏一个共同点来把它们串联成一个整体。我的每一种思想和感情在我心中都是孤立存在的……就连精细的分析家也不能从中找出叫作中心思想或者活人的神的那种东西来。

这是一个行将就木的老教授的顿悟，他看到了以前没有看到的东西，想到了以前没有想到的事，这是一个濒于死亡的人的"新生"。所以，接下来有了老教授的可以乐观主义地直面死神的自白：

> 显赫的名字分明是为了脱离具有这姓名的本人而独立生活着才存在的。……过上三个月光景，这名字会用金字刻在墓碑上，跟太阳那么亮——到那时候我自己却已经埋在青苔底下了……

《没有意思的故事》发表后，有人把小说中老教授的观点等同于契诃夫的观点，契诃夫曾表态说："如果我给您提供教授的思想，那就请您别在其中寻找契诃夫的思想。"

然而，我们从老教授的有些思想里毕竟还是能窥见契诃夫本人的思想的，如："我希望我们的妻子、孩子、朋友、学生不要着眼于我们的名望，不要着眼于招牌和商标，爱我们，要跟爱普通人一样地爱我们！"

因为，契诃夫自己就曾表达过"希望人们就像爱普通人那样地爱我们"的愿望。

1890 年后的契诃夫创作已经走向成熟，其作品可以不加选择地拿来阅读。

1890 年是契诃夫生命中非常重要的一年。在这一年的半年多时间里，他实现了穿行西伯利亚到萨哈林岛考察的壮举。萨哈林岛是流放犯人的聚居处，契诃夫在这个岛上住了三个多月，遍访了所有岛上的居民。

与萨哈林岛之行直接有关的小说有四篇：《古塞夫》（1890）、《在流放中》（1892）、《第六病室》（1892）、《凶杀》（1895）。

《古塞夫》的创作缘起于契诃夫坐海船归国途中的一次触目惊心的见闻——船上死去的两个人被包上帆布扔进了大海。海船在锡兰停靠后，契诃夫便写了《古塞夫》，写的就是两个善良的俄国人——古塞夫和巴维尔·伊凡内奇在海轮上病死后，被包上帆布扔进了大海。"这当儿，海面上，在太阳落下去的那一边，浮云堆叠起来，有的像是凯旋门，有的像是狮子，有的像是剪刀……"

《在流放中》写两个在西伯利亚的流放者：一个年纪较大的叫谢敏，一个谁也不知道姓名的年轻的鞑靼人。谢敏随遇而安，常说"哪怕在西伯利亚，人也活得下去，就连在西伯利亚人也有幸福"。年轻的鞑靼人却还眷恋着故乡明月与爱妻，他最后走到谢敏面前，用夹着鞑靼腔的俄国话说："上帝创造人，是要人活，要人高兴，要人伤心，要人忧愁；可是你，什么也不要，所以你，不是活人，是石头、泥土！"

不用说，契诃夫的同情是在这个年轻的鞑靼人一边。

《凶杀》是契诃夫的一个更为深思熟虑的小说，他想用这篇小说来描摹一个他在萨哈林岛上看到的流放犯人的"犯罪史"。

亚科甫当年因一时情绪失控杀死了弟弟马特威之后,被流放到了萨哈林岛。小说的尾声就是萨哈林岛上的"杀人犯"亚科甫的内心独白:"他思念家乡,把心都想痛了,他一心想生活,想回到家乡去……一心想没有痛苦地生活下去,哪怕只活一天也好。"

但萨哈林岛之行的最大收获,还是《第六病室》,从这个小说引起的社会反响,就可以断定这个小说的社会价值。

作家列斯科夫读过小说叹息道:"这就是俄罗斯!"

少年列宁读了后感觉到他"自己也仿佛被关在这第六病室了"。

半个世纪之后,作家爱伦堡重读《第六病室》后,"就想到了契诃夫到萨哈林岛的旅行"。

《第六病室》能让人联想到陀思妥耶夫斯基在《死屋手记》里的这声控诉:"多少青春生命在这些围墙里白白地被埋葬了,多么伟大的力量在这里徒然地消失了!"

这也如同被当作"疯子"关在"第六病室"里的伊凡·格罗莫夫所说的:"让这个社会看清它自己,并为它自己感到害怕。"

《第六病室》是契诃夫一篇最有震撼力的惊世之作。

1892年春天,契诃夫移居梅里霍沃,一连过了六年的乡居生活。"梅里霍沃时期"也是契诃夫创作的丰收期,单是小说,就有如下一些名篇,如《第六病室》(1892)、《匿名者的故事》(1893)、《大沃洛嘉和小沃洛嘉》(1893)、《大学生》(1894)、《文学教师》(1894)、《黑修士》(1894)、《洛希尔的提琴》(1894)、《三年》(1895)、《挂在脖子上的安娜》(1895)、《凶杀》(1895)、《阿莉阿德娜》(1895)、《带阁楼的房子》(1896)、《我的一生》(1896)、《农民》(1897)、《在故乡》(1897)、《在大车上》(1897)。

契诃夫研究界有这样一个看法:契诃夫 1892 年前的作品可以有选择地读,1892 年后的作品就可"照单全收",一个不漏地读了。这样的看法是有道理的。

移居梅里霍沃之后,契诃夫才真正接触到了农村及农民。为农民义务看病,成了契诃夫的一个生活内容。可以说,如果没有在梅里霍沃接近农民的生活经历,就未必会有《农民》这篇小说的问世。在这篇小说中,我们也读懂了契诃夫为农民请命的悲悯情怀:

> 河上架着一道摇晃的小木桥,桥下清清透亮的河水里游着成群的、宽脑袋的鲦鱼。碧绿的灌木丛倒映在水里……多么美丽的早晨啊! 要是没有贫穷,没有那件使人逃也逃不脱、躲又没处躲的赤贫,大概人世间的生活也会那样美丽吧!

一说到契诃夫"梅里霍沃时期"的创作,研究者们都要提到《黑修士》,因为大家都觉得小说开头一节关于彼索茨基家花园的描写便是梅里霍沃庄园的景象:"……在这种地方,人总会发出一种恨不得坐下来,写一篇叙事诗的情绪……像这样好看的蔷薇、百合、茶花，像这样五颜六色的郁金香……总之，像彼索茨基家里这样丰富的花卉，柯甫陵在别的地方从来也没有见识过。"

《黑修士》是篇在解读上众说纷纭的小说。我们倒不妨重温一下契诃夫本人的说法。契诃夫在私人书信中有三处说到过《黑修士》：一次是说他这篇小说"写了一个害了自大狂的年轻人"；一次是说"这是一篇医学小说……其中写的是自大狂"；还有一次是说他曾在梦中见到"一个修士在田野上飘然而过"。

契诃夫分明是对自命不凡的"自大狂"不以为然的，小说分明写了"天才"的幻灭，黑修士最后用调侃的语言来评价濒死的柯甫陵的"幻灭"：

> 他那衰弱的人的肉体已经失去平衡，不能再充当天才的外壳了。

而对"自大狂"意识的否定也恰恰反映了契诃夫的民主精神。这种对于人的平等观念在契诃夫身上体现得非常鲜明。1888年11月末，契诃夫在给一位友人的信中写道："您和我都喜欢普通人，但人们都喜欢把我们看成是不平凡的人……没有一个人把我们当作普通人来喜欢。所以我想，要是明天我们在他们眼里成了普通人，他们就不再喜欢我们……"

1890年后，契诃夫有了情感生活。1895年写的剧本《海鸥》里的女主角妮娜，在生活中的原型就是契诃夫的恋人米齐诺娃。在小说《阿莉阿德娜》里，照样能看到米齐诺娃的面影。

除了米齐诺娃外，契诃夫与阿维洛娃等女作家也交往密切。契诃夫去世之后，阿维洛娃在她的长篇回忆录《契诃夫在我的生活中》里，甚至公开指认小说《关于爱情》写的就是契诃夫与她的恋情。她的说法有人相信，有人不相信。

但有一点是不容怀疑的，那就是像《关于爱情》这样的小说，也只有在 19 世纪 90 年代才可以写得出来，因为那些年，契诃夫正谈着恋爱，正思考着"关于爱情"的问题，所以才有可能在小说的尾声写出这样的"爱情宣言"：

> 我心里怀着燃烧般的痛苦明白过来：所有那些妨碍我们相爱的东西是多么不必要，多么渺小，多么虚妄啊。我这才明白过来：如果人在恋爱，那么他就应当根据一种比世俗意义上的幸福或不幸、罪过或美德更高、更重要的东西来考虑这种爱情，否则就干脆什么也不考虑。

但契诃夫写的爱情都是没有美丽的结果的。在最著名的《带阁楼的房子》里，姐姐莉达硬是把妹妹米修司和画家的姻缘断送了，最后只留下"米修司，你在哪儿啊"这句令人怆然的诘问。

当然，《带阁楼的房子》中最引人注目的内容，还是莉达与画家关于如何"为同胞服务"的争论。在思考这个问题的时候，我们不妨重温契诃夫在《札记》中写下的一句话："为公众福利服务的愿望,应该成为心灵的需要和个人幸福的条件。"也不妨想想契诃夫曾为家乡的图书馆捐赠过大量书籍,曾捐助过两所农村小学,曾不间断地为农民无偿看病……

这里我还想特别说一说《大沃洛嘉和小沃洛嘉》。

从前出版的《契诃夫小说选》,似乎都不太重视这篇小说。但我见到的俄罗斯 20 世纪 70 年代之后出的两种选本,倒不约而同地收进了这篇小说。

这个契诃夫小说的篇名虽是两个男人的名字,但让人揪心的是两个女人——索菲娅和奥丽娅的命运。

索菲娅嫁给了大沃洛嘉,自以为很幸福,但其实她一点也不幸福。与她有过恋情的小沃洛嘉也不能给她幸福。

奥丽娅不相信尘世的幸福,遁入空门,当了修女。

小说的结尾就是这两个女人的生活结局——索菲娅几乎每天都要去一趟修道院,向奥丽娅倾诉自己的痛苦,而奥丽娅呢,总是机械地对她说,这一切都没有什么,都会过去的。

这一篇富于心理刻画深度的小说,似乎在告诉人们,那些自以为幸福的人实际上未必是个幸福的人。

契诃夫讲过这样的创作体会,大意是说,如果他描写一些阴暗的场景,他的情绪反倒是爽朗的。《挂在脖子上的安娜》曲尽旧俄官场阿谀逢迎的丑态,但从契诃夫对于那些丑陋官场人物的描写中,却可以看出他极尽讽刺艺术手段的快意。

契诃夫是这样向读者展示那位安娜勋章获得者的"嘴脸"的："他那剃得光光、轮廓鲜明的圆下巴看上去像是脚后跟。他脸上最有特色的一点是没有唇髭，只有光秃秃的、新近剃光的一块肉，那块肉渐渐过渡到像果冻一样颤抖的肥脸蛋上去。"

用"脚后跟"来比喻此人的"下巴"，用"果冻"来形容他的"肥脸蛋"，这何等鲜明！

而对于一位大官的太太，契诃夫也没有笔下留情："那女人的下半截脸大得不成比例，看上去倒好像嘴里含着一块大石头似的。"

据阿维洛娃回忆，契诃夫曾说过"形象能创造思想"的话。小说《套中人》就是"形象创造思想"的实例。那个名叫别里科夫的希腊文教员，即便是在阳光灿烂的日子，也穿上套鞋，拿上雨伞。他的口头禅是："怎么会不闹出点乱子来。"

"套子"是个象征，象征着一切束缚着人的自由表达的枷锁。别里科夫不仅自己被束缚在这个可怕的"套子"里，他还要把它拿来束缚周围的人。

小说是以别里科夫之死告终的，契诃夫把"套中人"之死与自由之生机联系到了一起，唱起了自由之歌——

啊嘿，自由，自由！甚至仅仅是对自由的某种暗示，对自由的微小希望，都能给灵魂插上翅膀，难道不是这样？

契诃夫常常提及"自由"的话题，他认为"人世间没有比自由更大的恩惠"(《匿名者的故事》),这个思想也通过"套中人"的形象而强烈地表达了出来。

契诃夫笔下的他所同情的人物,对自由都是怀有期望的。《三年》的主人公拉普捷夫有过这样的心理活动:"对自由的预感使他的心甜蜜地收紧,他快活地笑着,暗自想象那会是一种多么美妙而富于诗意的,也许甚至神圣的生活。"

但小说中一句最能代表契诃夫心声的话,可能是由拉普捷夫的朋友亚尔采夫说出来的:"日子一天一天过去,我越来越相信他们正生活在最伟大的胜利的前夜,我一心想活到那个时候,亲身参与那个胜利。"

《三年》是我很喜欢的一部中篇小说,它写一对夫妻婚后三年的复杂的心路历程。他们也许还能再活三十年,那将有些什么事情等着他们呢?契诃夫最后用一句俄罗斯谚语给这个小说提供了一个开放式的结尾:"活下去总会看见的。"

我对《三年》感兴趣,还因为契诃夫在创作这个小说的过程中,非常执着地运用了象征手法。

拉普捷夫与尤丽雅的姻缘是由一把阳伞引起的。尤丽雅将一把阳伞丢在拉普捷夫姐姐家了,姐姐让他把阳伞送到尤丽雅家去,拉普捷夫回到家里,"拿过伞来,贪婪地吻它⋯⋯打开伞,让它罩住他的头顶,他觉得四周甚至散发出幸福的气息"。

第二天,拉普捷夫"拿起阳伞,心情十分激动,驾着爱情的翅膀飞出去了"。他到了尤丽雅的家,向她求婚,还请求对方把这伞送他留作纪念。

这是小说故事情节的缘起。到了小说结尾的时候,两人的并不和谐的婚姻生活已经延续到了第三个年头,这把阳伞再一次出现:

> "幸福是没有的,我从来也没有过幸福……不过,我这辈子也幸福过一次,就是那天夜里我打着你的伞坐着的时候……"他回转身对着他的妻子,说,"那时候我爱上了你,我记得我通宵打着伞坐那儿,感到非常幸福。"

书房里那些书柜旁边放着一个红木镶青铜的五斗橱,是拉普捷夫用来保存各种用不着的东西的,其中就有那把伞。他把它拿出来,递给他妻子。

> "就是这把伞。"
> 尤丽雅对这把伞看了一会儿,认出来了,忧郁地笑了笑。
> "我想起来了,"她说,"那次你对我表白爱情的时候,手里就拿着这把伞。"
> 她看出他要走了,就说:"要是可能的话,你早点回来。你不在,我闷得慌。"然后她回到自己的房间里,久久地瞧着那把伞。

写到这里,我不由得想起高尔基说的一句话:契诃夫"将现实主义提高到了深思熟虑与激动人心的象征"。

　　中篇小说《我的一生》问世时的社会反响要更大一些。契诃夫的女友米齐诺娃从巴黎来信对契诃夫说,巴黎的一些俄国侨民说起契诃夫,"都视若神明,尤其是读了《我的一生》之后!他们问我您有什么信仰,我只能稍微答上几句,至于您是不是'马克思主义者',我就无言以对了"。

　　的确,《我的一生》里存有可以理解为宣扬劳工神圣的思想,小说主人公不在衙门供职而当了一个油漆工人,并为此而自豪,小说里还有一些高声谴责城市社会生活的"过激言论",如:

　　　　想起我在这个城里从小就不断观察到的那许许多多隐忍的、慢性的痛苦。我不明白这六万居民到底为什么活着……他们互相折磨,害怕自由,痛恨自由像痛恨敌人一样。

　　　　我们这座城已经存在了几百年,在这几百年里它没有为祖国贡献出一个有用的人,一个也没有!凡是稍稍带有点生气的、稍稍发出亮光的东西在萌芽时期就统统被你们扼杀了!

　　但《我的一生》的最后一章还是出现了乐观主义的调子。"要是我有心给自己定做一个戒指,我就会选这样一句话刻在我的戒指上：任何事情都不会过去！我相信任何事情都不会不留痕迹地过去，我们所走的最小的一步都会影响现在的、将来的生活。"

契诃夫当然不是"马克思主义者"。他在《新别墅》（1899）里，怀着忧伤，写了一个农民们不能与"新别墅"的主人——工程师夫妇和睦相处的故事：

> 他们想：他们村子里的人都善良，安分，通情达理，敬畏上帝，叶连娜·伊凡诺芙娜也安分，心好，温和，谁看见她那模样都会觉得可怜，然而为什么他们处不来，分手的时候像仇人似的？

契诃夫不赞成人与人之间的对立与冲突。他写《决斗》就是希望那两个性格与人生观迥异的知识分子不要发生"决斗"。小说在情节发展的紧要关头，发出这样的呼吁："为什么他恨拉耶甫斯基，拉耶甫斯基也恨他呢？为什么他们要决斗呢？……如果他们没有从小被安乐的生活环境和周围的上流人物惯坏；那么，他们会多么友好，多么乐于原谅对方的缺点，多么珍视彼此的优点啊。"

拉耶甫斯基和动物学家冯·柯连放弃"决斗"，相视一笑泯恩仇之后，终于想到："寻求真理的时候，人也总是进两步，退一步。痛苦、错误、生活的烦闷把他们抛回来，然而渴求真理的心情和顽强的意志又促使他们不断前进。"

要说对于学说的信仰，那么契诃夫倒是说过他对达尔文的进化论产生过浓厚兴趣。这也支撑了他的历史乐观主义的信念。

2004 年，以色列一家剧院以舞台剧《安魂曲》参加北京的契诃夫戏剧节，引起了首都戏剧界的不小震撼。

《安魂曲》由契诃夫的三个短篇小说改编而成：《洛希尔的提琴》（1894）、《在峡谷里》（1900）和《苦恼》（1886）。

《洛希尔的提琴》的小说主人公棺材匠亚科甫一辈子过着糊里糊涂的生活，直到老伴玛尔法要死了，他才想到在四五十年前他和玛尔法曾经在一条河边幽会过，河岸上还有一棵柳树，并由此引发了一连串的天问式的质疑："为什么人们就不能好好生活，避免这些损失呢？请问，为什么人们把桦树和松树砍掉？为什么牧场日日荒芜？为什么人们老是做些恰恰不该做的事？为什么亚科甫这一辈子老是骂人、发脾气，捏着拳头要打人，欺侮自己的妻子呢？……为什么人们总是妨碍彼此的生活呢？"

《洛希尔的提琴》写了一个麻木的灵魂的开始苏醒，而灵魂苏醒的一个征兆，恰恰是他几十年后再一次坐到那条曾经和妻子一起坐过的河边："他就在这棵柳树底下坐下来，开始回想……在他的一生中，最近四五十年以来，他一次也没有到这条河边来过……要知道，这是条相当大的河，并非不值一提的小河……"

进入《安魂曲》情节脉络的，还有《在峡谷里》的第八节，就是丽芭抱着死去的孩子从医院出来赶路的情景，天上朗月当空，"她瞧着天空，心想：现在孩子的灵魂在哪儿呢？它究竟在跟着她走呢，还是高高地在繁星中间飘荡，不再想到母亲了？"

在路上丽芭还遇到了一个圣人般的老者，他安慰丽芭说："你的苦恼还算不得顶厉害的苦恼。人寿是长的，往后还有好日子，有坏日子，什么事都会来的。俄罗斯母亲真伟大！"

高尔基非常欣赏《在峡谷里》，他在《评〈在峡谷里〉》一文中写道："契诃夫谛视着生活和我们的悲痛，开始时被我们生活的芜杂和混乱所烦扰，和我们一起呻吟了，叹息了，现在，他站得更高，拥有了自己的感想，他像反射镜一样，把我们生活的一切光线、一切色彩都收集在它里面，把一切坏日子和好日子都加以思考。"

高尔基说得好，契诃夫"把我们生活的一切光线、一切色彩都收集在它里面"了。

再举一个细节：小说里写到乡公所装了一架电话，"可是不久那架电话就给臭虫和蟑螂爬满，打不通了"。这就是俄罗斯的现代化初级阶段的真实写照。

以色列的《安魂曲》一剧最后以契诃夫的小说《苦恼》的结尾作结：马车夫把丧子之痛一股脑儿诉说给小母马听！

契诃夫能极其敏锐地发现生活中的庸俗。他1898年问世的两个出名的小说《醋栗》《姚尼奇》，就给两个"幸福的庸人"画了像。

《醋栗》的主要内容，是兽医伊凡·伊凡内奇向两个朋友讲述他弟弟尼古拉·伊凡内奇如何从一个有为青年变成了一个无聊庸人。

尼古拉·伊凡内奇的蜕变是从他萌生攒钱购置田庄的念想开始的。为了实现这个"人生理想"，他节衣缩食、财迷心窍，娶了一个既老且丑的婆娘。后来他终于实现了在自己的田庄上栽种醋栗的心愿，而且终于有一天吃上了他心仪已久的醋栗。契诃夫是这样描写他志得意满地吞食醋栗的这一幕的：

> 尼古拉·伊凡内奇笑起来，默默地瞧了一会儿醋栗，眼泪汪汪，露出小孩子终于得到心爱玩具后的得意神情，说：多么好吃啊！

契诃夫以为这种庸俗的幸福感"是一种普遍的麻木病"，他希望在"每一个幸福而满足的人的房门背后都应当站上一个人，拿一个小锤子不住地敲门，提醒他：天下还有不幸的人……"

契诃夫就是这样一个拿着小锤子"不住地敲门"警示天下的人。

《姚尼奇》的主人公是德米特里·姚尼奇·斯达尔采夫医生，刚刚奉派来一个地方做医生，原本也是朝气勃勃的，还爱上了地方上一个能弹钢琴的叶卡捷丽娜小姐。可是过去了四年之后，他就面目全非了。

　　而斯达尔采夫发生蜕变是他迷恋上了金钱。"像戏剧或者音乐会一类的娱乐,他是全不参加的,不过他天天傍晚一定玩三个钟头的'文特牌',倒也玩得津津有味。他还有一种娱乐,那是他不知不觉渐渐染成嗜好的:每到傍晚,他总愿从衣袋里拿出看病赚来的钞票细细地清点……等到凑满好几百,他就拿到互助信用公司去存活期存款。"

　　久别的叶卡捷丽娜回来了,又出现在了他的面前,但"斯达尔采夫想起晚上常常从衣袋里拿出钞票来,津津有味地清点;他心里的那团火就灭了"。

　　又过了好几年,斯达尔采夫长得越发肥胖,过着枯燥无味的生活,他对什么事也不发生兴趣。

　　尼古拉·伊凡内奇和斯达尔采夫,是两个由于对于物质的畸形追求而掏空了灵魂的文学人物。契诃夫在 1895 年创作剧本《海鸥》的时候,就提出了让"物质与精神结合在美妙的和谐之中"的人生理想。契诃夫用他的创作不断地提醒人们:要做一个有精神追求的人。

　　"物质压迫精神"的题旨,同时也延伸到了两个以工厂为情节发生地的小说《女人的王国》(1894)和《出诊》(1898)里。

　　《女人的王国》里的工厂主安娜·阿基莫芙娜常常心神不定、烦恼重重:"……明天呢,一整天会有许多人来拜访,请托种种事情;到后天,工厂里包管会出事——什么人挨了打,或者什么人灌下太多的伏特加,醉死了,她只好让良心的痛苦煎熬着……"

是这个拥有两千工人的工厂主的身份，使这位年方二十六岁的女人，不能像其他的女人那样过正常的生活。

《出诊》里女主人公丽莎的痛苦是更加深蕴的。这个二十岁的五座厂房的继承人，得了个服用药物无济于事的怪病，丽莎自己也若有所悟，说："我觉得自己好像没什么病，只不过烦闷、害怕罢了，因为处在我的地位，这是理所当然，没别的办法的。"

善解人意的柯罗辽夫医生也已经看出是"财产"造成了她的不幸，便对她说："你尽管是工厂主人，又是继承一大笔财产的人，却并不满足；你不相信你有做工厂主人、继承财产的权利；于是现在呢，你睡不着觉了。比起你满足、睡得酣畅，觉得样样事情满意来，这样当然好得多。你睡不着，这倒显得你高人一等；不管怎样，这是个好兆头。"

经过医生这番开导，丽莎的心态和情绪出现了转机。契诃夫很含蓄地描写了丽莎的新的精神觉醒状态。

第二天早晨，柯罗辽夫医生要坐马车回莫斯科了，丽莎也站在台阶上给他送行。"丽沙脸色苍白，面容憔悴，头发上插一朵花。身上穿一件白长衫，好像过节似的；跟昨天一样，她忧郁地、伶俐地瞧着他，微微笑着，说着话，时时刻刻现出一种神情，仿佛她要告诉他——只他一个人——什么特别的、要紧的事情似的。"

与这两个小说的内容相接近的还有《在故乡》(1897)。

《在故乡》的女主人公薇拉是一个地主庄园的继承人。庄园旁边有一家工厂。无论是庄园还是工厂都不能在精神上满足她的需求。薇拉想反抗这种乏味的生活，也想拒绝工厂里的一位性情古怪的医生的追求。但最后她还是不得不与这个生活现实妥协，她索性把眼前的现实生活看成是，"她注定要过的真实生活，她不再希望更好的生活了……要知道，更好的生活是没有的！美丽的大自然、幻想、音乐告诉我们的是一回事，现实生活告诉我们的却是另一回事。显然，幸福和真理存在于生活之外的什么地方"。

在这一段文字里，我们可以觉察到契诃夫作为一位现实主义作家的冷峻的目光。

小说收尾的一句是："一个月之后，薇拉已经住在工厂里了。"读者们该为薇拉今后的命运担忧了。

契诃夫最讨厌有人说他是"悲观主义者"。作家蒲宁在回忆录里记录了契诃夫的一席话："我算什么'忧郁的人'？我算什么'冷血'的人？批评家们都是这样称呼我的，我算什么'悲观主义者'？要知道在我自己的作品中，我最喜爱的短篇小说就是《大学生》。"

于是，一个篇幅相当短小的短篇小说《大学生》（1894）进入了我们的视野。

这个小说的故事很简单，就是两个目不识丁的村妇听一位神学院的大学生伊凡讲《圣经》故事，她们听了一千九百年前耶稣受难的遭遇流下了眼泪。这好像是个无关宏旨的生活即景，但，契诃夫却把这看成是人类的连绵不断的精神传承的证明。因此，他让这个原本精神有些抑郁的大学生，在见到了她们的眼泪之后，受到了启发与鼓舞，产生了"青春的感觉"，因为他由此想到"过去与现代是由一连串连绵不断、由此及彼的事件联系起来的"，过去曾经"指导过人类生活的真与美，直到今天还在连续不断地指引着人类生活"。

这是契诃夫的乐观主义。

《大学生》的主人公是神学院的大学生伊凡，《主教》(1902)的主人公则是个年轻主教彼得。契诃夫本人没有宗教信仰，但他晚年的两个洋溢着乐观主义精神的小说的主人公却都是宗教界人士。有研究者认为这也许涉及契诃夫的童年记忆，那时他常常跟着父亲去教堂唱圣歌。《主教》一开头就写了一场有圣歌合唱的晚祷仪式。

主教彼得是个宗教界的杰出人才，在他三十二岁的时候，就担任修士大祭司了。但他身患重病，终于不起。小说最后就写到了他的死亡，但契诃夫把这个死亡赋予了一道浪漫主义的色彩——"他呢，已经一句话也没说出来，什么也不明白了，只觉得自己好像成了一个普通的、平常的人，在田野上兴高采烈而且很快地走着，手里的拐杖敲打着地面，头顶上是广阔的天空，阳光普照，他现在自由了，像鸟一样爱到哪儿去就可以到哪儿去了！"

而主教去世之后的第二天是复活节，"城里有四十二座教堂和六个修道院，洪亮欢畅的钟声从早到晚在城市上空响个不停，激荡着春天的空气，鸟雀齐鸣，太阳灿烂地照耀"。

《主教》以前并不十分受人重视，后来才逐渐被人认识到它的价值。这可能是因为人们的确可以从这篇小说中体察到契诃夫本人的人生体验。契诃夫写完《主教》两年就与世长辞了。可以想见，契诃夫在《主教》中写下的对于死亡的非常达观甚至可以说是潇洒的文字，也可以视为契诃夫的"自祭文"。我们知道，契诃夫是喝了一杯香槟酒之后安详地停止呼吸的，他夫人形容说"像婴儿一样地睡着了"。

1897年春，契诃夫大口咳血，肺结核病发展到了晚期，医生关照他务必到南方过冬。1898年契诃夫在克里米亚的雅尔塔购地盖房。1899年秋天，雅尔塔的"白色别墅"落成，契诃夫便在那里写作了以海滨城市雅尔塔为主要情节发生地的小说《牵小狗的女人》。这无疑是契诃夫的一篇力作，也是特别能引起读者的阅读兴趣的小说。

契诃夫式的"简洁"在这篇小说里发挥到了极致。按它的情节容量是可以敷衍成一部长篇小说的，但契诃夫把它们浓缩到了一个短篇小说里，两个男女主人公的前史完全交给了读者的想象去填补。

在这篇小说里，契诃夫很难得地写了一个两情相悦的爱情。但笔墨不是用在对男情女爱的直观的描写上，而是着力开掘一个男人和一个女人真正相爱之后的心理体验和精神觉醒。

当然,可能也有契诃夫本人的人生体验的投影。小说写于1899 年,这时契诃夫已与后来的妻子克尼碧尔一见钟情。这时,有病在身的契诃夫也已经有了年华老去的自我感觉。因此,我想,当契诃夫在小说里写到"只是到了现在,当他的头已经白了,他才真正用心地爱上了一个人"的时候,这不仅仅是作者在给他的小说主人公古罗夫作心理揭示,同时可能也是作者"从自我出发"的一声叹息。

古罗夫原本是想到雅尔塔去寻找短暂的"浪漫史"的,哪知他一遇到安娜便真的相爱了,而且这个爱情把他们两个人都改变了。

古罗夫回到莫斯科后,原以为过上一个月,安娜在他的记忆里会模糊的,哪知一个多月后,好像他只是在昨天才与安娜分了手。走在莫斯科街头,他会扫视过往的女人,想看看有没有一个长得像安娜的……

而且还有一个强烈的愿望:要把他在雅尔塔的爱情经历说给人们听。于是有一天夜里,他从俱乐部走出来,便忍不住对人说:"如果您能知道我在雅尔塔认识了一位多么迷人的女人!"

小说里有两段"抒情插话"值得回味与遐想。

一段对应着在奥林安达男女主人公坐在长椅上俯瞰大海时的情境与心境:

透过晨雾,雅尔塔隐约可见,在高高的山顶上,飘着朵朵白云，静止不动。树上的叶子也不摇动，蝉声阵阵，而从岸底传来的单调的、低沉的海涛声，在诉说寂静，和等待着我们的永续的长梦。当这个海边还没有雅尔塔和奥林安达的时候，大海就在喧哗，现在它还在喧哗，而当我们已经不在人间的时候，大海照样还会发出喧哗的声响，淡漠而低沉。而在这种永恒不变中，在这种对于我们每个人的生死的冷漠之中，也许正承载着我们的永恒救赎的保证，人类生活的不断前进与不断完善的保证……

在这里，契诃夫拓展了曾在《大学生》中阐发过的历史乐观主义的想象。

另一段"抒情插话"在小说的最后一节，古罗夫送女儿上学，送完女儿上学就要去一家旅馆和安娜幽会。契诃夫是这样来论述人过着双重生活的无奈的：

他有两种生活：一种是公开的，谁都能看到和知道的，只要他有这个兴趣。这种生活充满着约定俗成的真实和虚假。另一种生活是在暗中流淌着的。由于机缘的奇异巧合，一切在他是重要的，有意味的，必不可少的，他真心感应的，没有欺骗自己的，因而构成了他的生命之核的，都是要避人耳目的……他根据自己的经验来判断别人，便不再相信自己眼见的东西，而永远意识到，每一个人都在秘密的掩护下，犹如在黑夜的掩护下，过着他们真正的、最有意味的生活。

这已经接近于 20 世纪世界文学的一个重要题旨——人与面具的冲突。

的确是这样，契诃夫尽管生活在 19 世纪，但他的思想意识是属于 20 世纪、21 世纪的。所以，我们能把契诃夫看成是一个很亲近的经典作家。

1892 年 11 月 25 日，契诃夫给苏沃林写了一封很长的信，其中有一句话很重要："请您回忆一下，所有让我们陶醉的，被我们称之为不朽的作家，或者就是我们认为的优秀作家，他们都有一个共同的、非常重要的特征：他们有一个前进的方向，而且能召唤着您朝那个方向前行。"

契诃夫就是这样"有一个前进的方向，而且能召唤着您朝那个方向前行"的作家。

朝哪个方向前行呢？到了契诃夫写作的最后的作品中，我们终于看清了那个方向。

契诃夫写的最后一个剧本是《樱桃园》(1903)，剧本里的大学生特罗菲莫夫说："人类在走向最崇高的真理，在向地球上可能存在的最崇高的幸福前进，而我置身在这个队伍的最前列！"

当樱桃园已经出售，人们纷纷与这个旧的房子告别时，也是这两个年轻人说出了他们心中的向往。

安尼雅：永别了，旧的房子！永别了，旧的生活！

特罗菲莫夫：新生活，你好！……（与安尼雅一起离去。）

契诃夫写的最后一篇小说是《未婚妻》(《新娘》1903)。

这个小说里的女主人公——年轻的未婚妻娜嘉，最后也是离家出走，在内心深处也是喊着："永别了，旧的房子！永别了，旧的生活！"

小说里是这样写的：

娜嘉在花园里和街道上溜达，瞧那些房屋和灰色的篱墙，她觉得这城里样样东西都已老了，过时了，只不过在等着结束，或者等着一种年轻的、新鲜的东西开始生长出来。啊，只求那种光明的新生活快点来才好，到那时候人就可以勇敢而直率地面对自己的命运，觉着自己对，心情愉快，自由自在！这样的生活早晚会来！

小说以娜嘉的最终出走结束：

她走上楼去，回到自己的房间里收拾行李，第二天早晨向家人告辞，生气蓬勃、满心快活地离开了这个城——她觉得，她从此再也不会回来了。

从前俄罗斯的有些研究者曾言之凿凿地说娜嘉是要去参加革命的。因为 1905 年、1917 年俄国都发生了革命。

这样的论断是缺乏说服力的,因为契诃夫在小说里还有这样一句话:"这时在她(即娜嘉)面前现出一种宽广辽阔的新生活,那种生活虽然还朦朦胧胧,充满神秘,都在吸引她,召唤她。"

那"新生活"还是朦朦胧胧的,但一定是美好的。1940 年,丹钦科重排《三姐妹》,说此剧的主题是"对美好生活的渴望"。契诃夫的创作或隐或现地传达着这样一种"渴望"——对美好生活的渴望。这也是契诃夫的作品能打动世世代代的读者的原因所在。

在契诃夫的生前与死后,有很多评论他创作的人,地位最高、分量最重的当然是列夫·托尔斯泰。

托尔斯泰不喜欢契诃夫的戏剧,就如同他不喜欢莎士比亚的戏剧一样。但托翁对契诃夫的短篇小说有极高的评价,把他称作"散文中的普希金",认为俄国作家(包括他自己在内),论小说写作的技巧都不及契诃夫。

托尔斯泰喜爱契诃夫小说有个生动的事例。《宝贝儿》(1899)发表之后,托尔斯泰如获至宝,一再地当着家人和客人的面朗读这篇小说,还写文章赞美,称小说的女主人公是个"以无限的爱去爱未来的人"。

在契诃夫去世后的第十三天,托尔斯泰在一家报纸上发表了他对死者的概括性的评价：

> 契诃夫是一位无可比拟的艺术家……他的作品的优点是，它不仅能让每个俄罗斯人感到亲切，而且也能使任何一个人感到亲切……他是一个真诚的人，而这是个了不起的优点……借助这个真诚，他创造了新的，在我看来是对全世界都是全新的文学形式……我重复说一遍，契诃夫创造了新的形式，丢掉一切虚假的谦虚，我要说，就技术而言，他契诃夫高于我，他的作品可以反复重读……契诃夫的逝世是我们的一个重大损失，我们不仅失去了一个无与伦比的艺术家，我们还失去了一个杰出的、真诚的、正直的人……这是一个极有魅力的人，谦虚的人，可爱的人……

托尔斯泰这一席话里有两点值得注意：

一、契诃夫创造了新的小说形式。

二、契诃夫的创作特点是与契诃夫的人格特征有关联的。

爱伦堡在 1960 年写的《重读契诃夫》一书中，也指出契诃夫的"简洁"风格是与契诃夫的"谦虚"性格相契合的。

这一点与我们常说的文如其人是一致的。

什么是契诃夫的与他的"真诚"品性相契合的文学特质呢？

帕斯捷尔纳克在《日瓦戈医生》中通过小说主人公之口说"我最爱普希金和契诃夫的俄罗斯式的童真"。

我们的王元化先生在《莎剧解读·序》里，用"功夫深处却平夷"这句古诗来形容契诃夫风格的妙处，他认为"契诃夫似乎并没有花费多少心思用在情节的构思上"，说契诃夫作品中"故事就这么简单，但是契诃夫把这些平凡的生活写得像抒情诗一样的美丽……在这些场景中流露出来的淡淡哀愁是柔和的、含蓄的，更富于人性和人道意蕴的"。

美学家王元化对契诃夫创作所做的审美评价，强调了契诃夫的文学创新的审美意义。这和纳博科夫希望大家多读契诃夫作品的呼吁是一致的，也说明了为什么托尔斯泰要说契诃夫的作品"可以反复重读"。

"反戏剧"
——谈契诃夫与 20 世纪现代戏剧

20 世纪现代戏剧的研究者们,也把目光投向 19 世纪末叶的文化,试图从中发现他们研究对象的底蕴和根苗。其中,哲学家尼采和戏剧家契诃夫是最令人瞩目的。

斯坦福大学的马丁·埃斯林教授是最早给荒诞戏剧立论的("荒诞派戏剧"这个称谓就是他的发明)。他在《荒诞派戏剧》(1962)一书中对这个戏剧新潮作全面阐述之前,先给读者转述了尼采所著《查拉图斯特拉如是说》的一段开篇——

当尼采的查拉图斯特拉准备下山布道时,在森林中遇到了一个年迈的圣者。圣者邀请他留下与他做伴,查拉图斯特拉便问圣者要在森林中做些什么,对方回答说:"我写作诗歌并将它吟咏出来,而当我作曲时,我边笑、边哭、边唱——我这样赞美上帝。"查拉图斯特拉谢绝了圣者挽留,继续走他下山的路程,一边对自己的心儿说道:"这可能吗? 这位圣者老人在森林里还没有听到上帝已死的消息呢。"

写到这里,埃斯林笔锋一转,顺势引出了他要广泛论述的本题——

《查拉图斯特拉如是说》初版于 1883 年,从那时起,相信上帝已经死了的人大大增加了……但即便经历了两次可怕的世界大战之后,依然有人试图接受查拉图斯特拉学说中的基本思想。他们寻觅着一条道路,立足于这条道路,就可以带着尊严面对一个已经解体、已经变得荒诞的世界。荒诞派戏剧就是这种努力的一个实例。

大概也是从 20 世纪 60 年代初起,也是在 19 世纪 80 年代开始戏剧创作的契诃夫,被用越来越明确的语言与现代戏剧挂起钩来。1960 年的契诃夫诞生一百周年纪念,恰好成了对于契诃夫戏剧进行这种再认识的契机。

为了这个百年一遇的纪念日,当时还是苏联作协机关刊物的《戏剧》杂志发表了专论,意味深长地指出:"实际上,只是到了今天,我们才开始从根本上认识到契诃夫对于俄罗斯和整个 20 世纪的意义。"

著名戏剧史家鲁德尼茨基也在那本纪念专刊上发表文章,表述一种新的感悟:"我们离开契诃夫生活与创作的时代越远,契诃夫在世界戏剧发展中所实现的变革意义就越显得明晰。"

三十年后的 1990 年 1 月，莫斯科召开了一个契诃夫国际学术讨论会，讨论会的主题便是《在 20 世纪文化中的契诃夫》。在会上引起极大轰动效应的报告是德国图宾根大学安鲁格教授的论文《契诃夫与贝克特》。论文开门见山地提出了契诃夫与荒诞派戏剧的特殊关系："西方文艺理论界不断有人提出，前不久去世的萨缪尔·贝克特在创作中继承了契诃夫的传统，而他本人的《等待戈多》则开创了 20 世纪下半叶的现代戏剧。"

还有一位来自英国的教授也在会上发言说："契诃夫决定了整个现代英国戏剧，没有契诃夫就不可能有品特。"

多么不可思议！

契诃夫，这个一直被认为的正统俄国戏剧现实主义的代表，他的名字和正统现实主义的斯坦尼斯拉夫斯基演剧体系联系着，和堪与法兰西喜剧院并驾齐驱的莫斯科艺术剧院联系着，现在居然又几乎被看成是最尖端的现代派戏剧的源头。这里面的逻辑在哪儿？这里面的真理有多少？这样的对于契诃夫戏剧再发现、再认识意味着什么？……

这些问题既恼人也诱人——诱惑着你去进行思索并试图做出回答，尽管你心里明白，现在可以做出的回答更有可能将"契诃夫之谜"的谜面进一步扩大。

但有一个事实已经显得十分清楚：时光的流逝一方面把契诃夫推向越来越远的过去，一方面又使他越来越成为可以与今天进行对话与对接的过去。

契诃夫本人是否幻想过超越时空，与他的陌生的后代对话？

大概是幻想过的。至少他的不少可爱的戏剧里和小说里的人物是幻想过的。

"当我走过那些被我从伐木的斧头下救出的农村的森林，或者当我听到由我栽种的幼林发出美妙的音响的时候,我便意识到,气候似乎也多少受到我的支配,而一千年以后人们将会幸福,那么这幸福中也有我一份微小的贡献。"——这是剧本《万尼亚舅舅》中阿斯特洛夫医生的一句著名独白。

"我希望过上大约一百年以后醒过来,至少让我用一只眼睛瞧一下科学成了什么样子才好。"——这是小说《没有意思的故事》里老教授的内心独白。老教授是科学家,他希望看到一百年后的科学;契诃夫是剧作家,他难道不想"瞧一下"一百年后的戏剧？

契诃夫本人是否有过超前意识,是否在心灵深处想到他的剧本既面对现实,更面向未来？

好像也是有的。有一次他做了这样的预言:"人们读我的作品,读上七年或七年半,然后忘记了……但是以后再过一些时候,又会开始读起我的作品来,那时候就将永远读下去了。"

就戏剧作品而言,事实证明了契诃夫的预言不谬。作为剧作家的契诃夫,在 20 世纪二三十年代几乎被人遗忘,甚至连梅耶荷德在 1935 年都以为"《樱桃园》《三姐妹》的契诃夫已经与我们相距很远"。

转机出现在 20 世纪 50 年代——荒诞派戏剧冒头的 50 年代。

50 年代末，莫斯科著名导演阿·波波夫从伦敦归来，写信向契诃夫夫人报告了一个鼓舞人心的信息："我想以我在伦敦戏剧史家国际会议上的所闻，稍稍让您感到欣慰。这个会议有 26 个国家的代表参加，很多与会者说，安东·契诃夫现在在欧洲大受欢迎，人们在重新发现他的戏剧。"

什么叫"重新发现"契诃夫的戏剧？为什么这种"重新发现"开始于 50 年代？要回答这些问题，首先需要我们面对契诃夫戏剧创作的实际，揭示它的戏剧革新的实质。

契诃夫没有专门写过戏剧论文，但我们可以把他在创作《海鸥》时写给苏沃林的两封书信看作是他的戏剧宣言。

一封写于 1895 年 10 月 21 日：

> 您可以想象，我在写部剧本，看来，写完它不会早于 11 月底。我写得不无兴味，尽管毫不顾及舞台规则，是部喜剧，有三个女角，六个男角，四幕剧，有风景（湖上景色）；剧中有许多关于文学的谈话，动作很少，五普特爱情。

另一封信写于同年 11 月 21 日：

> 剧本写完了。强劲地开头，柔弱地结尾。违背所有戏

剧法规。写得像部小说。

这两封信里有两处语意相近的话，即前一封信中的"毫不顾及舞台规则"和后一封信中的"违背所有戏剧法规"；前一封信中的"动作很少"和后一封信中的"写得像部小说"。

总而言之，契诃夫坦率地承认了他写《海鸥》有意不顾及剧作家们遵循的"戏剧的法规"，脱离了《海鸥》之前的欧洲戏剧传统。

契诃夫在哪些方面脱离了欧洲戏剧的传统，打破了传统欧洲戏剧的法规呢？

让我们先从契诃夫在信中所做的最具体、最细微的提示着眼。契诃夫在头一封信中提示他的《海鸥》是"四幕剧，有风景（湖上景色），剧中有许多关于文学的谈话"。

先谈"四幕剧"的含义。

"幕"是戏剧作品的段落划分。传统的欧洲戏剧，特别是从伊丽莎白时代的英国戏剧开始，不约而同地都把剧本分为五幕（莎士比亚的剧作大部分是五幕剧），后来觉得五幕过于繁复，三幕剧便成了常见的剧作分幕方法。这就是说，欧洲戏剧（话剧）最普通的分幕形式是五幕剧和三幕剧，即奇数结构的分幕形式。

为什么剧作家喜欢采取奇数结构的分幕形式？因为幕次奇数的剧本比较容易获得高潮居中、结构匀称的效果。比如，《奥赛罗》这出戏的高潮当然是苔丝德蒙娜不慎遗失的手帕落到了伊阿古手中,而这场最令观众、读者揪心的高潮戏就被莎士比亚安排在第三幕第三场,也就是安排在全剧居中的地方。

契诃夫放弃传统的奇数结构形态,把他的所有多幕剧都写成四幕剧,这意味着他对戏剧性有了另外的认识,他不刻意追求戏剧的高潮点,而是把戏剧事件尽可能地"平凡化""生活化"。如果我们复述《海鸥》的内容,一定要讲到特里果林与妮娜的私奔以及妮娜的被遗弃和孩子的夭折。但这些一般人认为富有"戏剧性"的事件,都被契诃夫放到了幕后。这也是契诃夫所说的"动作很少"的一个含义。

就像奇数结构的五幕剧后来简化为同样是奇数结构的三幕剧一样,偶数结构的四幕剧后来也简化为同样是偶数结构的两幕剧。在现代戏剧中,两幕剧结构形式越来越流行。贝克特的两个名剧——《等待戈多》和《哦,美好的日子!》都是两幕剧。所以可以这样说:从契诃夫开始的偶数型分幕结构,是关联着重新认识戏剧性的现代戏剧结构的。

再说"风景(湖上景色)"。

《海鸥》里的"湖上景色",不是一般戏剧作品里舞台指示所要求的为戏剧事件营造的物质环境。

这片湖水是有灵性的,是一个诗意的象征,契诃夫通过这片湖水把诗情引入了戏剧的机体。

特里波列夫一上场,情绪极高,因为他"一眼望去,看得见湖水和天边";因为他写的一出戏,即将以这一片湖水作背景演出。

妮娜不顾父亲与继母的阻挠，到这儿来与特里波列夫相会，来登台演戏，是因为她"叫这片湖水牢牢地吸引着，像一只海鸥"，后来作家特里果林由此想到了一个短篇小说的情节：在一片湖水边，从小住着一个少女，她爱恋着这片湖水，像一只海鸥……

湖水是美丽的。第一幕就以多恩大夫对湖水的赞美作结："噢，迷人的湖水啊！"第二幕里的湖水也是美丽的。阿尔卡基娜从侧幕催促特里果林收拾行李回城去，特里果林却"凝望着湖水"感叹说："真不想走啊！多美的风景！"但到了第四幕，到了戏剧主人公特里波列夫的悲剧临近的时候，契诃夫却提供了一个月黑风高、萧索可怖的湖景。玛莎见此情状惊呼："湖上起浪啦。好大的浪头。"

契诃夫通过"风景（湖上景色）"，把剧中人物和大自然联系起来，以大自然的色彩、音响的变化，衬托剧中人物精神状态的变化，来暗示他们生活命运的坎坷蹭蹬。"风景（湖上景色）"像海鸥一样在剧中具有了象征意义。

与湖水、海鸥起着类似艺术象征作用的，还有非洲地图（《万尼亚舅舅》），还有包括著名的樱桃园在内的契诃夫涉笔成趣的树木。

1898年底，高尔基写信给契诃夫说："《万尼亚舅舅》和《海鸥》是新的戏剧艺术，在这里，现实主义提高到了激动人心和深思熟虑的象征。"

高尔基的这句话说得多有启发性！契诃夫的戏剧艺术之

"新",是在于契诃夫把他那个时代的艺术现代主义的精华汲取到了自己的艺术机体内,从而实现了对现实主义的超越,而由于契诃夫实现了这一大跨度的"超越",从此现实主义与现代主义之间不再是一条不可逾越的鸿沟。

再说"有许多关于文学的谈话"。

《海鸥》的剧中人物里有两个作家——特里果林和特里波列夫。他们两人的文学观念大不相同,但他们两人的最重要的"关于文学的谈话",都反映了契诃夫本人最珍贵的文艺观。

特里果林说:"我深深感到,如果我是个作家,我就有责任写人民,写他们的痛苦,写他们的未来。"谁都相信,特里果林的这句台词,道出了契诃夫本人作为作家的社会责任感。

特里波列夫说:"应该寻找新形式。需要新形式。如果找不到新的形式,那么宁可什么也没有。"

现在已经可以比较肯定地说,特里波列夫的这句"创新独白",也完全符合契诃夫写作《海鸥》时的不惜"违背一切戏剧法规"的精神状态。

要说契诃夫对于"戏剧法规"的冒犯,还要从更关键的"大处着眼"。由于对于诸如戏剧冲突和戏剧动作这样一些根本性的"戏剧法规"做了重新认识与重新构建,契诃夫以自己的戏剧开创了真正属于 20 世纪的现代戏剧。

没有冲突便没有戏剧。关于戏剧冲突的经典性定义是黑格尔首先提出来的。黑格尔在《美学》中认为:"戏剧诗是以目的和人物性格的冲突以及这种斗争的必然解决为中心。"他把不同人物的不同目的与性格的冲突,解释为戏剧冲突的主要内容。但也有人持所谓"意志冲突"说。认为"人与人之间的意志冲突是戏剧冲突的主要内容",但无论是"性格冲突"还是"意志冲突"都还是人与人之间的冲突。而人与人之间的冲突,恰恰是文艺复兴时期以来的戏剧冲突的主要内容。在这些戏剧中,人物一般有正面人物与反面人物之分,他们之间的冲突,反映了真善美与假恶丑的冲突或更剧烈的社会冲突。杜勃罗留波夫在概括奥斯特洛夫斯基的戏剧冲突性质时就说:"奥斯特洛夫斯基的戏剧中,一切戏剧冲突和灾难,都是两个集团——老年的与青年的、富的和穷的、专横的和谦卑的之间冲突的结果。"易卜生的《玩偶之家》的思想价值建立在海尔茂与娜拉的冲突基础上。前者代表夫权社会,后者则是争取妇女独立权利的女性代表。豪普特曼的《织工》已经写到工人与工厂主的冲突。斯特林堡的戏剧虽然没有这么尖锐的社会冲突,但他写到的男人与女人之间的冲突也不无社会意义(如《朱丽小姐》)。

契诃夫之所以比 19 世纪末曾经较他更出名的同行(如易卜生)更有资格充当新戏剧的前驱人物,就因为正是契诃夫在世界戏剧史上第一个用一种全新的戏剧冲突取代了"人与人的冲突"模式。

这种由契诃夫开创的全新的戏剧冲突便是人与环境的冲突。在契诃夫的戏剧中,不是这个人物与那个人物过不去,而是这一群人物被环境、被生活压迫着。所以契诃夫说在他的剧本中既没有天使，也没有恶魔，他也不想谴责具体的任何一个人。在契诃夫戏剧中，人和生活永恒地冲突着。因此，他的那些善良的人物永远摆脱不了痛苦。

然而，契诃夫戏剧的这个最具革新意义的戏剧冲突的新特征，是迟至 20 世纪 50 年代之后才被发现的。当然，这也不是偶然的。因为 50 年代的欧美，出现了把人与环境的冲突写得淋漓尽致的海明威的小说《老人与海》；出现了一批也可以把戏剧冲突归结为"人与环境冲突"的戏剧名作，如阿瑟·米勒的《推销员之死》、奥斯本的《愤怒的回顾》；出现了以《犀牛》为代表的把人与环境的冲突写得触目惊心的荒诞派戏剧……追根溯源，这一戏剧冲突类型的源头在契诃夫的戏剧之中。20 世纪 50 年代之后对契诃夫戏剧的重新发现，最重要的就是对契诃夫戏剧的新型戏剧冲突的发现。而契诃夫作为 20 世纪现代戏剧的开拓者的地位因此也得到了真正的巩固。

1991 年，在莫斯科艺术剧院艺术总监叶甫列莫夫来北京导演《海鸥》期间，笔者曾以契诃夫作为戏剧家的世界地位问题与这位俄罗斯大导演交谈过。叶甫列莫夫说了这么一段话："现在有这样一种对于欧洲戏剧史的分期法：先是古希腊戏剧，接下去是文艺复兴时代戏剧，再下去就是现代戏剧，而现代戏剧是和契诃夫联系着的。我完全同意这种分期法。契诃夫揭开了戏剧的新篇章。"

如果按戏剧冲突类型的性质来划分欧洲戏剧史，恰好可以划出这样三个大的戏剧时代：首先是古希腊戏剧，它的戏剧冲突表现为"人与神的冲突";然后是文艺复兴戏剧,它的戏剧冲突表现为"人与人的冲突";然后是由契诃夫揭开新篇章的现代戏剧,它的戏剧冲突表现为"人与环境的冲突"。

除了"人与环境"的冲突之外,"人与面具"的冲突也是现代戏剧的一个戏剧冲突内容。皮兰德娄的《六个寻找剧作家的角色》和《亨利四世》写的就是被"永恒的面具"覆盖下的人的自我失落的悲剧。现代人为了适应社会环境,不得不戴上实际上异己的面具。因此,"人与面具"的冲突还是从"人与环境"的总的冲突中派生出来的。

而且也不是别人,正是契诃夫较早地体验到了"人与面具"冲突的戏剧性。他在小说《牵小狗的女人》(1898)里,写了这样一个情节:古罗夫要去与情人幽会,顺路送女儿上学,于是他"暗自想着":"他有两种生活,一种是公开的……另一种生活是在暗中流淌着的。……他根据自己的经验来判断别人,便不再相信自己眼见的东西,而永远意识到,每一个人都在秘密的掩护下,犹如在黑夜的掩护下,过着他们真正的,最有意味的生活。"

"大家都在秘密(或面具)的掩护下"生活,彼此都隔膜着,都在想自己的心事,都在心里念叨自己那本难念的经,而不大关注别人的痛痒,因此,契诃夫的剧中人物的对话往往缺乏顺畅的交流,而带有很强的"独白性"。

契诃夫的戏剧人物都被生活环境压迫得疲惫不堪,他们不再具有强有力的个性。奥赛罗、麦克白,甚至哈姆雷特式的人物,在契诃夫以及契诃夫以后的现代戏剧中不可能再出现。
《伊凡诺夫》中的同名戏剧主人公对他的情人说:"你想象着在
我身上发现了哈姆雷特第二,可我想,我的这种心理病态不过
只能成为一些笑料罢了。"

契诃夫戏剧的悲剧性是浓烈的。但轰轰烈烈的、充满强烈
戏剧事件的悲剧场面,在契诃夫的戏剧中是找不到的。契诃夫
也是第一个在平凡的日常生活流程中表现生活悲剧的剧作家。
他有一句名言:"在舞台上应该像在生活中一样的复杂和一样
的简单。人们吃饭,就是吃饭,但与此同时,或是他们的幸福在
形成,或是他们的生活在断裂。"

所以契诃夫也在给苏沃林的信中坦率承认,他的剧本中
"动作很少"。这里所说的"动作"是外在的戏剧动作,是夺人耳
目的戏剧情节。就因为缺少这样的戏剧"动作",当时有个大名
鼎鼎的演员在读完了《海鸥》之后,断定契诃夫"完全不是个写
剧本的人"。

多亏了斯坦尼斯拉夫斯基和丹钦科的独具慧眼,在契诃夫
的"动作很少"的剧本里发现了丰富的"内部动作"和"潜流",发
现了用"静场""音响"等非语言手段来渲染契诃夫戏剧的心理
现实主义的艺术和表现手法。

但斯坦尼斯拉夫斯基和丹钦科对于契诃夫戏剧的艺术解
释也有负面的因素。这主要表现在他们过于着力把契诃夫戏
剧导向写实的层面,以至于出现了自然主义的偏向,而忽略了
契诃夫戏剧对于现实主义的超越。这种认识上的局限也是历

史的局限。对契诃夫戏剧的再认识、再发现迟至 20 世纪 50 年代之后,也是因为只有在这时才具备了对契诃夫戏剧从内容到形式的划时代的革新给予更充分的理解与认同的客观条件。

笔者在上文引证并解读契诃夫那两封关于《海鸥》的书信时,有意识地突出了他的"反戏剧"倾向,这样就把契诃夫戏剧与以"反戏剧"相标榜的 20 世纪现代戏剧先在外部形态上挂上了钩。

所谓"反戏剧",主要是意味着对戏剧两大要素——戏剧动作与戏剧冲突的传统观念的偏离和背离。这种偏离与背离是从契诃夫开始的,不过 20 世纪现代戏剧(特别是荒诞派戏剧)把契诃夫开始的"偏离"推到了极端。

契诃夫戏剧"动作很少",但毕竟还有具有行为逻辑的戏剧情节可言,荒诞派戏剧由于缺乏具有行为逻辑的戏剧动作,而成为了真正意义上的"静态戏剧"。

契诃夫戏剧人物之间的对白往往"自说自话",交流不太顺畅,但交流毕竟还能时断时续地进行下去;荒诞派戏剧由于非理性因素的突出,由于故意强调了人物对白的"前言不搭后语"和人与人之间的不可沟通,而成为了真正意义上的"荒诞戏剧"。

但契诃夫戏剧与现代欧洲戏剧的差异更深刻地表现在"人与环境冲突"的不同色彩上。

"人与环境"的冲突与传统的"人与人"的冲突在戏剧冲突的解决方式上是不同的。人与环境的冲突带有迁延性,不可能在一个剧本中得到解决。因此，无论是契诃夫的戏剧，还是包括荒诞派在内的现代戏剧的一个共同点便是戏剧情境的首尾重复。

《万尼亚舅舅》从沉郁、散淡的乡居生活场景开始，教授夫妇的出现，搅乱了万尼亚舅舅的内心平静，使他萌发了对教授夫人的爱和对教授先生的恨，但他的反抗昙花一现，最后还是与吞噬了他几十年青春的沉郁、散淡的乡居生活妥协。

尤奈斯库的《秃头歌女》以史密斯夫妇的独白开始："哟，九点钟了。我们喝了汤，吃了鱼，猪油煎土豆和英国色拉……"接着是史密斯夫妇的对白。最后以另一对夫妇——马丁夫妇"一成不变地念着史密斯夫妇在第一场戏中的台词"结束。

戏剧的悲剧性就在这种缺乏诗意的生活的循环往复之中。但这不是生活中的悲剧，而是生活本身的悲剧。剧中人物已经看不到这停滞的生活在近期内有松动的可能。他们只能寄希望于"等待"。把契诃夫戏剧与贝克特的《等待戈多》在思想意蕴上通联起来的就是这个"等待"。因为贯穿着契诃夫戏剧的确有这样一个"等待"的主题。契诃夫戏剧潜在的诗意也就在这让人心潮涌动的"等待"上。

当万尼亚舅舅又因不得不回到乏味的生活轨道上去而内心痛苦不堪的时候，索尼娅便用"等待"来劝慰他："我们，万尼亚舅舅，要活下去。我们要度过一连串的夜晚，我们要耐心承受命运给予我们的种种考验……我们会听见天使的声音；我们将会看到镶着宝石的天空；我们会看到，所有这些人间的罪恶、所有我们的痛苦,都会淹没在充满全世界的慈爱里……"

《三姐妹》结尾时,大姐奥尔加拥抱着两个妹妹说:"我们要活下去!军乐奏得这么欢乐、愉快,仿佛再过一会儿,我们就知道究竟为什么活着,为什么痛苦……"

《樱桃园》里的青年主人公"等待"着在俄罗斯出现更加美丽的樱桃园,因为"人类向着……地面上能允许有的最高的幸福节节前进"。

契诃夫式的"等待"是等待不久的或遥远的将来。契诃夫的剧中人物有很强的"时间观念"。他们悲剧地意识到人生短暂,来日无多。已经过去的岁月,不能令人满意。但他们相信明天会比今天好。就像《三姐妹》中的奥尔加所说的:"时间飞逝,我们也会永远消失……但是我们的痛苦会化成后来人的欢乐。"

贝克特式的"等待"是没有时间概念的遥遥无期的"等待"。贝克特的剧中人物对时间概念采取一种揶揄的态度。波卓向弗拉季米尔"勃然大怒"地嚷道:"你干吗老是用你那混账的时间来折磨我?"在戏快结束时,弗拉季米尔说了句近似黑色幽默的话:"双脚跨在坟墓上难产……我们有时间变老。"在贝克特看来,时间的意义就在于它能使人变老。

人与环境的冲突是以契诃夫戏剧为开端的现代戏剧的冲突,也是现代悲剧之源。因为在现代欧洲戏剧中所表现的与人对立着的生存环境,实际上也是人的生存困境。这个生存环境总是妨碍着人过正常人的生活,总是给人带来痛苦与不幸。他们的希望（包括契诃夫的三个姐妹的"回莫斯科去"，贝克特的两个流浪汉的"等待戈多"）一次又一次地落空。

但同样是由"人与环境的冲突"引发的悲剧，为什么在契诃夫那里总还有一个尽管模糊但毕竟光明的远景，总还能让人隐隐想到有希望在向人们招手，而荒诞派戏剧却只能给人一个强烈的印象：人永远无法摆脱和战胜异己的生存环境？

我们已经说到过，契诃夫戏剧和荒诞派戏剧都有戏剧情境首尾重复的特征。但它们的"情境重复"的内涵是不太一样的。《秃头歌女》《等待戈多》等荒诞派戏剧的情境重复，类似神话中的西西弗斯的推石上山的重复，透着一种无法排解的存在主义的绝望感。而契诃夫的戏剧中尽管出现事件的"情境重复"，尽管似乎什么实质性的事件都没有发生，但人物的精神生活发生了变化，他们有了新的感悟，对未来（哪怕是二三百年之后的未来）产生了某种希望。

而这一切的差异来自不同的哲学的基石。

本文开头援引了埃斯林对于尼采的《查拉图斯特拉如是说》的引证。埃斯林在那里给我们作了一个重要的提示：荒诞派戏剧是越来越多的人相信"上帝已经死了"的戏剧。而我们恰好可借此来概括说明契诃夫戏剧与荒诞派戏剧的不同哲学意蕴。因为在契诃夫的戏剧中分明"供奉着"一个"上帝"，那就是《海鸥》的主人公在那出戏中大声礼赞的"共同的宇宙灵魂"。后来，多恩大夫在说到使他迷醉的热那亚的人流时，还在这样一段抒情独白中提到了它："到了晚上，你走出旅馆，只见满街都是行人。然后,你漫无目的地投入到这个人流之中,沿着弯弯曲曲的线路,东倒西歪,川流不息,你和这个人流共同呼吸。你在精神上和它融合在一起。这时你才相信,一种共同的宇宙灵魂确实是可能存在的。"

契诃夫所追求的"共同的宇宙灵魂"乃是精神与物质达到美妙和谐的一种宗教情感境界。所以时时感受到精神与物质处于分裂状态的 20 世纪的现代人能从契诃夫的戏剧中得到慰藉,发生共鸣,而且可以断言,随着人类物质文明的日益昌明,契诃夫戏剧的对于"精神与物质达到美妙和谐"的呼唤,会更加动人魂魄。契诃夫天才地预见到了 20 世纪的人生困惑。契诃夫对人的心灵世界的把握,对人的生存意义的探索,使他成了一位最令现代人感到亲切的 19 世纪剧作家。就像俄罗斯契诃夫研究会主席拉克申院士在一篇文章中所说的那样:"生活在 19 世纪的契诃夫,就其对人和对世界的认识而言,变成了一位 20 世纪的作家。"这也从根本上固牢了契诃夫与现代以及现代戏剧的纽带。

于是我们可以这样说:契诃夫戏剧与现代戏剧的联系,不仅是因为他超越了 19 世纪的现实主义,将它提高到了如高尔基所说的"激动人心和深思熟虑的象征"(高尔基于 1898 年年底给契诃夫写信说"别人的剧本不可能把人从现实生活抽象到哲学概念,而您的剧本做得到"),而且,也因为他超越了对于具体俄国生活的描写,而具有了让普天下的现代人产生共鸣的经典意义。

　　这就是为什么他的处女作《普拉东诺夫》的同名主人公的人生经历，能帮助我们理解现代人的精神痛苦；他的绝命作《樱桃园》的巨大象征，能促使我们思考世纪之交的人类困顿。契诃夫戏剧已风行全球。契诃夫紧跟在莎士比亚之后，成为当今世界最具时代精神的戏剧经典作家。

哀莫大于隔膜

——重读《苦恼》《祝福》之后

鲁迅在"别求新声于异邦"的时期,很看重 19 世纪俄国文学。当然不仅仅鲁迅,"五四"以来的中国作家不少对俄国文学有亲近感。这原因也可求助于社会学的解释。在欧洲国家里,要算沙皇俄国的资本主义发展最为迟缓,或者说,被列宁称为资本主义世界锁链中"最薄弱一环"的俄国,是离中国国情较近的一个欧洲国家。

契诃夫的中篇小说《在峡谷里》(1900)有个耐人寻味的细节:某乡公所里安有一架电话,"可是不久那架电话就给臭虫和蟑螂爬满,打不通了"。契诃夫敏锐地发现了科学文明在俄国被扭曲。中国还不如俄国。19 世纪末相当于乡公所一级的中国衙门,还不可能安装即便是"给臭虫和蟑螂爬满"的电话机。但科学文明被扭曲的现象,在中国却可能更加触目惊心。最使鲁迅先生痛心疾首的中国"奇观"是:"固有的医书上的人身五脏图,真是草率错误得见不得人,但虐刑的方法,则往往好像古人早懂得了现代的科学。"而当外国人问及:"在资本主义的各国,什么事件和种种文化上的进行,特别引起你的注意?"鲁迅近乎悲愤地借题发挥说:"我在中国,看不见资本主义各国之所谓'文化';我单知道他们和他们的奴才们,在中国正在用力学和化学的方法,还有电气机械,以拷问革命者,并且用飞机和炸弹以屠杀革命群众。"

契诃夫和鲁迅在不同的国家与不同的时代,都站在科学理性的高度,从社会的空前愚昧中看到了社会的无边黑暗,显示了伟大的启蒙主义者的良知。

契诃夫与鲁迅都是学医出身,科学理性的张扬,肯定也与他们在求学时代接受自然科学熏陶的背景有关。

契诃夫和列夫·托尔斯泰是好朋友,这一对好朋友之间曾就人死后灵魂的有无问题在 1897 年进行过认真的争论,托尔斯泰相信人死后灵魂的存在,对死亡抱有神秘的恐惧感;契诃夫则不相信死后有灵魂。契诃夫的肺结核病从 1890 年库页岛之行后日趋恶化,但他坦然地迎接死亡,有一次还说了句笑话:"死倒算不得什么,糟糕的倒是像戈列采夫这样的人会到墓地去发表一通悼词。"

鲁迅得的也是肺结核病,他的生死观也接近契诃夫:热爱生活,但并不恐惧死亡;也研究过死后灵魂的有无,而在大病之后引起死的预想时,"到底相信人死无鬼的"。也怕在他死后有不相干的人出来"谬托知己"发表这样那样的"悼词"……不过,鲁迅对于"谬托知己"者的警惕,是用很严肃的口吻表达出来的。

卢那察尔斯基有个观点,认为 19 世纪自然科学的发展,使得"探究现实的求实精神蔚然成风",这种科学的精神反映到文艺领域便是现实主义文学的发轫。

契诃夫和鲁迅在宣传他们的直面人生的文学主张时,甚至也借助于与医学职能的类比。

契诃夫说:"如果我是个医生,我就需要病人和医院;如果我是个文学家,我就需要生活在人民中间。"又说:"在化学家的心目中,世界上没有任何不干净的东西,文学家应当像化学家一样客观。"

鲁迅说他的小说题材多采自病态社会,意在"揭出病苦,引起疗救的注意""将旧社会的病根暴露出来,催人留心,设法加以治疗"。

都不想回避病态社会的丑恶,都有意"暴露病根""揭出病苦",而中俄两个社会又没有天壤之别,那么在契诃夫与鲁迅的小说中会出现值得我们进行比较研究的素材,应该是顺理成章的。

契诃夫的文学创作从写幽默小品开始,随着在生活中的不断碰壁与磨炼,他的作品也逐渐"严肃"起来。契诃夫的创作道路可以标出几个里程碑。1890 年的库页岛之行当然是个里程碑。不在库页岛这个"人间地狱"待三个月,《第六病室》这样的小说未必能写得出来。1888 年发表的中篇小说《草原》也能算个里程碑。这是契诃夫头一部中篇小说,视野开阔了,意境深邃了。

但是否可以在《草原》之前再在契诃夫的创作道路上立一块哪怕是小小的里程碑呢？我想是可以的。

契诃夫有一次对一个朋友说："我来给您讲讲我自己，如果我停留在最初的幽默小品的阶段，那么人们便不会把我看成个作家。契洪特！小笑话小集锦！人们会以为这就是我的全部！严肃的作家们会议论说：'他不是我们的同行，因为他就会说笑话！在我们这个时代怎么能一味地说笑话呢？'"

成熟的小说家契诃夫是从告别一味地说笑话的"安东沙·契洪特时期"而认真思索人生"病苦"开始的。这样我们就立刻能想到《哀伤》《苦恼》《万卡》等写于 1885—1886 年间的短篇小说。但从艺术表现与思想开掘的力度、深度来衡量，当以《苦恼》最有代表性。从《苦恼》问世之后，在与契诃夫同时代的俄国人心目中，幽默的契诃夫变成了"忧郁的契诃夫"。

鲁迅的小说创作没有契诃夫曾经有过的试笔阶段。他的第一篇小说《狂人日记》便是传世杰作。但鲁迅还是给自己的小说创作道路划出了从《呐喊》到《彷徨》的两个阶段。

写《呐喊》诸篇时正值五四运动狂飙突起，为了"慰藉那在寂寞里奔驰的猛士，使他不惮于前驱"，鲁迅发出了声声呐喊。《狂人日记》里的"救救孩子"自然是一声呐喊，《药》收尾时夏瑜坟头平添个花环其实也是呐喊之声。

到了 1924 年开始写《彷徨》之时，"新青年的团体散掉了"，鲁迅心中产生了"在沙漠上走来走去"的孤独感。但《彷徨》中分明也有"呐喊"的声音。小说《孤独者》最后写到小说中的

"我"从入殓盖棺的魏连殳家门走出来后,"耳朵中有什么挣扎着,久之,久之,终于挣扎出来了,隐约像是长嗥,像一匹受伤的狼,当深夜在旷野中嗥叫,惨伤里夹着愤怒和悲哀"。

注意,这呐喊之声已经在"惨伤里夹着愤怒和悲哀"。

"愤怒和悲哀"恐怕也是鲁迅小说的呐喊之声的基调。对于阿 Q,鲁迅不也是"哀其不幸,怒其不争"吗?20 世纪 20 年代鲁迅小说的最早的明敏的读者不也是感受到了这"呐喊"是"声中有哀"的吗?茅盾 1927 年在评述《彷徨》里的小说《幸福的家庭》时写道:"鲁迅只用了极简单的几笔,便很强烈地刻画出一个永久的悲哀。"茅盾颇为欣赏的《鲁迅先生》一文的作者张定璜也有类似的感受:"鲁迅先生告诉我们,偏是这些极其普通、极其平凡的人事里含有一切的永久的悲哀。"

我们怎么能轻率地不理会鲁迅小说的最早也是最热心的读者们的真切而深切的感受呢?!

茅盾有一个很好的见解,他认为参照鲁迅同时期写的杂感有助于"更加明白小说的意义"。《彷徨》里的十一篇小说写于 1924—1925 年。如果我们细心阅读这一年间鲁迅写的杂感、随笔,就会发现:鲁迅在写作《彷徨》的这一年多的时间里,思考得最多的问题之一是究竟什么是人生最大的悲哀与痛苦。

> 人生最痛苦的是梦醒了无路可走。(《坟·娜拉走后怎样》)
> 瓦砾场上还不足悲,在瓦砾场上修补老例是可悲的。

（《坟·再论雷峰塔的倒掉》）

死于敌手的锋刃，不是悲苦；死于不知何来的暗器，却是悲苦。但最悲苦的是死于慈母或爱人误进的毒药，战友乱发的流弹……（《华盖集·杂感》）

《彷徨》的开篇《祝福》也包含着鲁迅先生对于人生最大悲苦的思索。如果把《祝福》与契诃夫的转折之作《苦恼》作番对照研究，我们还有可能在感知这两位伟大作家的"所见略同"的同时，发现他们的微妙差异。

《苦恼》的标题下有句题词："我拿我的苦恼向谁去诉说？"契诃夫难得给自己的作品加题词，这就更加显出这句题词的分量。

《苦恼》的地理背景是俄国的首善之区——彼得堡街头。时值隆冬，暮色晦暗，湿雪飘飞。车夫姚纳·波达波夫伛着身子，纹丝不动地坐在车座上，瘦骨嶙峋的小母马也一动不动地呆立着，被遗忘在"这个充满古怪的亮光、不断的喧哗、熙攘的行人的漩涡里"。

开头的这段环境描写，先写出了车夫姚纳在茫茫人海中的孤独。姚纳的儿子刚死不久，需要把心中的苦恼向人诉说。小说的主要内容也就是姚纳四次想向别人诉说苦恼而均告失败的过程。

姚纳碰上的第一个乘客是一位要到维堡区去的军人。在赶车的过程中，车夫抓住机会想向这个军人诉说自己的苦恼，但他刚刚说过"老爷……我的儿子在这个星期死了""他在医院里躺了三天就死了……"乘客就不耐烦地朝他吼道："赶车吧，赶车吧……照这样走下去，明天也到不了啦。"车夫只好住嘴。此后"他有好几回转过身去看军官，可是军官闭着眼睛，分明不愿意再听了"。姚纳终于没有能把心头的苦痛向这位军人倾诉。

姚纳拉到的第二批主顾是三个夜游的青年人——"两个又高又瘦，一个挺矮，驼背"。三个年轻人坐在车上不住地胡说八道，姚纳"等到他们的谈话有了一个短短的停顿"，便赶紧插进一句话："这个星期我……嗯……我的儿子死了！"不料那个矮个子青年打断了他的话头："大家都要死的……算了。赶车吧！赶车吧！诸位先生啊，车子照这么爬，我简直受不得啦！"姚纳"想说一说他儿子是怎么死的"，但这三个青年人像那个军人一样对他的苦恼无动于衷。

送走了三个青年人之后，车夫又遇到了一个他以为可以倾吐衷肠的对象。

姚纳看见一个看门人提着一个袋子，就下决心跟他攀谈一下。

"现在什么时候啦，朋友？"他问。

"快到十点了……你停在这儿做什么？把车子赶开！"

姚纳把雪橇赶到几步以外，佝下腰，任凭苦恼来折磨他……他觉得向别人诉说也没有用了……

第三次碰壁之后，姚纳还没有完全泄气，他看到"墙角上，有一个年轻的车夫爬起来……走到水桶那儿去"。姚纳连忙走过去与他搭讪，顺便带出了那句他已经说过好几次的开场白："可是，老弟，我的儿子死啦……听见没有？这个星期在医院里死的……"姚纳满以为这个年轻的车夫会耐心听听同样是马车夫的他的苦恼，但是出乎他的意料，"那年轻小伙子已经盖上被子蒙着头，睡着了"。

接下去契诃夫写了这样一段文字："如同那青年想喝水似的，他想说话。他儿子去世快满一个星期了，他却至今还没跟别人好好地谈过这件事……应当有条有理、有声有色地讲一讲……应当讲一讲他儿子怎样得的病，怎样受苦，临死以前说过些什么话，怎样去世的……"姚纳是那样地急于把这一切苦恼讲给什么人听，但竟然没有一个人愿意听。于是，姚纳只好喃喃地把这一切说给了那匹小母马听。小说最后写道："小母马嚼着干草，听着，闻闻主人的手……姚纳讲得有了劲，就把心里的话统统讲给它听了……"

《苦恼》的结尾意味深长。当人不能与自己的同类进行交流，人便不得不从异类中寻找交流的对象。还有一点需要指出的是，契诃夫在《苦恼》中通过对一个马车夫姚纳的"苦恼"的描述，对人类的苦恼作了概括性的描述。契诃夫在这里苦苦思索的是深层次的人生困顿，因此他在解释造成小说人物的苦恼的前因后果时，并没有把社会不公与阶级对立放在主要的地位。对车夫姚纳的苦恼漠然置之的不仅有那个军官，有那三个游手好闲的青年，而且还有同样属于劳动阶层的那个看门人和那个青年车夫。契诃夫在为《苦恼》选择"我拿我的苦恼向谁去诉说"作题词时，似乎有意借助这句语出《旧约全书》的哀叹，把读者的思路引向对人生悲哀的更为概括的思考。

人生的最大的悲哀是什么？在《苦恼》这篇小说里，对这个问题的阐发基于两个并不能重合的视点——小说人物姚纳的视点和小说作者契诃夫的视点。

对于姚纳来说，儿子去世是苦恼，他的丧子之痛无人理会是苦恼，但更现实的苦恼是——赶了一天马车，"我连买燕麦的钱还没有挣到呢"，他想，"这就是为什么我会这么苦恼的缘故了。一个人，要是会料理自己的事……让自己吃得饱饱的，自己的马也吃得饱饱的，那他就会永远心平气和……"

契诃夫大概是带着苦涩写下姚纳的这段内心独白的。食不果腹的姚纳最现实的是吃饭问题，当他赶了一天马车竟然"连买燕麦的钱还没有挣到"，他有理由认为"这就是为什么我会这么苦恼的缘故了"。

但契诃夫的视点高于具体的"燕麦"之上。他在《苦恼》中一直在引导读者看到在茫茫人海中的一个孤独者的身影。小说在写到三个青年人冷漠地撇下姚纳"走进一个漆黑的门口"之后，有如下一段议论："姚纳的眼睛焦灼而痛苦地打量大街两边川流不息的人群：难道在那成千上万的人当中，连一个愿意听他讲话的人都找不到吗？人群匆匆地来去，没人理会他和他的苦恼……"

《苦恼》写的是人的孤独和人与人的隔膜。契诃夫提醒读者：人生的最大苦恼与其说是在于人人皆有苦恼，毋宁说是在于没有人理会别人的苦恼。

如果把《苦恼》的意蕴定位在"哀莫大于隔膜"，那么我们可以断定，在对人生困顿的思考上，鲁迅与契诃夫是有很大的共同点的。

我在前面已经指出，在 20 世纪 20 年代初鲁迅曾苦苦思索过什么是人生最大悲哀这个问题。现在我想进一步指出"哀莫大于隔膜"也是鲁迅对这一问题的回答。

鲁迅的文体有其鲜明的个性，包括遣词用句都有自己的特色。比方说，在写作《呐喊》《彷徨》的年代，"寂寞"也许是鲁迅用得最为频繁的一个词。《鸭的喜剧》是收在我上中学时的语文课本里的，至今还记得爱罗先珂的那一声"寂寞呀，寂寞呀，在沙漠上似的寂寞呀"的喟叹。

这次重读鲁迅 1922 年写的《〈呐喊〉自序》，惊讶地发现在这篇三千字的序文中，"寂寞"一词竟有九处之多。

《自序》的开头是这样的：

我在年青时候也曾经做过许多梦，后来大半忘却了，但自己也并不以为可惜。所谓回忆者，虽说可以使人欢欣，有时也不免使人寂寞，使精神的丝缕还牵着已逝的寂寞的时光，又有什么意味呢，而我偏苦于不能全忘却，这不能全忘的一部分，到现在便成了《呐喊》的来由。

鲁迅明确指出：《呐喊》的来由是作者鲁迅"不能全忘却""精神的丝缕还牵着已逝的寂寞的时光"。

那么"寂寞"的含义又是什么？请看《自序》第三、第四处提到"寂寞"的段落：

> 后来想，凡有一人的主张，得了赞和，是促其前进的，得了反对，是促其奋斗的，独有叫喊于生人中，而生人并无反应，既非赞同，也无反对，如置身毫无边际的荒原，无可措手的了，这是怎样的悲哀呵，我于是以我所感到者为寂寞。
>
> 这寂寞又一天一天的长大起来，如大毒蛇，缠住了我的灵魂了。

我们不难得出如下结论："这寂寞"的来由是"叫喊于生人中，而生人并无反应"的隔膜，而且也由此产生了悲哀。接下去《自序》提到的其他五处"寂寞"都与"痛苦""悲哀"连在一起用了。——"只是我自己的寂寞是不可不驱除的，因为这于我太痛苦"，"后来也亲历或旁观过几样更寂寞更悲哀的事"，"或者也还未能忘怀于当日自己的寂寞的悲哀罢，所以有时候仍不免呐喊几声，聊以慰藉那在寂寞里奔驰的猛士"，"至于自己，却也并不愿将自以为苦的寂寞，再来传染给也如我那年青时候似的正做着好梦的青年"。

我不厌其详地把《〈呐喊〉自序》里九处"寂寞"都在这里一一点明，是想说：寂寞（隔膜、冷漠）的悲哀应该是鲁迅小说中的一个不容忽略的题旨。

这个题旨有时是由鲁迅在作品中夹叙夹议地直接向读者指明的。

比如，《头发的故事》里的 N 先生面对革命先烈可悲遭遇发表了如下一番议论："他们都在社会的冷笑恶骂迫害倾陷里过了一生；现在他们的坟墓也早在忘却里渐渐平塌下去了。"

比如，《故乡》中的"我"三十年后听到儿时好友闰土叫他一声"老爷"，就知道："我们之间已经隔了一层可悲的厚障壁了。"待到小船又载着小说中的"我"驶离故乡，便"只觉得我四面有看不见的高墙，将我隔成孤身，使我非常气闷；那西瓜地上的银项圈的小英雄的影像，我本来十分清楚，现在却忽地模糊了，又使我非常的悲哀"。

寂寞（隔膜、冷漠）的悲哀的题旨在更多的情况下是间接地，但因为是借助于形象所以也是鲜明地表现出来的。

比如，《药》的题旨，按孙伏园的看法是："《药》描写群众的愚昧和革命者的悲哀；或者说，因群众的愚昧而来的革命者的悲哀。"这个看法我以为是言之成理的。当然我们也可以把"群众的愚昧"解释为群众（社会）对于革命者的隔膜，在革命者和群众之间也横亘着"一层可悲的厚障壁"，由此而来的便是革命者的悲哀。

又比如,《明天》里的寡妇单四嫂的悲哀,也与社会的冷漠密切相关。她的命根子宝儿得了重病,让对门的王九妈看看,"王九妈端详了一番,把头点了两点,摇了两摇",便支吾过去了。待到"宝儿的呼吸从平稳变到没有,单四嫂子的声音也就从呜咽变成号啕"。单四嫂家的门内门外才聚集了几堆冷漠的人群:"门内是王九妈兰皮阿五之类,门外是咸亨的掌柜和红鼻子老拱之类。"这两类人中没有一个人对单四嫂有一丝一毫的恻隐之心。据孙伏园在《鲁迅先生二三事》中介绍,"《孔乙己》作者的主要用意,是在描写一般社会对于苦人的凉薄"。《明天》的作者的主要用意,分明也是在"描写一般社会对于苦人的凉薄"。

鲁迅所说的"一般社会"是包括着富人与穷人、压迫者与被压迫者的。苦人竟然也对于本是同根生的苦人表现出如此的凉薄与冷漠,这只能使鲁迅先生更加痛切地感到"寂寞的悲哀"。而鲁迅把这种"寂寞的悲哀"表现得最为淋漓尽致的当是《彷徨》的开篇《祝福》。

《祝福》的内涵要比《苦恼》丰富,但《祝福》里有一个内容几乎可以和《苦恼》重合。祥林嫂再嫁再寡又丧子之后,第二次来到了鲁四老爷家。镇上的人们也仍然叫她祥林嫂,也还和她讲话,但音调和笑容却冷冷的了。这些她全不理会,只是直着眼睛,和大家讲她自己日夜不忘的故事——"我真傻,真的,"她说,"我单知道雪天是野兽在深山里没有食吃,会到村里来;我不知道春天也会有。我一大早起来就开了门,拿小篮盛了一篮豆,叫我们的阿毛坐在门槛上剥豆去。他是很听话的孩子,我的话句句听;他就出去了。我就在屋后劈柴。淘米,米下了锅,打算蒸豆。我叫,'阿毛!'没有应。出去一看,只见豆撒得满地,没有我们的阿毛了。各处去一问,都没有。我急了,央人去寻去。直到下半天,几个人寻到山坳里,看见刺柴上挂着一只他的小鞋。大家都说,完了,怕是遭了狼了。再进去,果然,他躺在草窠里,肚里的五脏已经都给吃空了,可怜他手里还紧紧的拎着那只小篮呢……"

乍一看来,祥林嫂比《苦恼》中的姚纳的处境要好,她毕竟能把儿子怎么悲惨地死去的"故事"一股脑儿地说出来,而且起初还能在鲁镇的百姓中间产生一些效果:"男人听到这里,往往敛起笑容,没趣的走了开去",女人们"还要陪出许多眼泪来"。但如果以为祥林嫂讲的遭了狼灾的故事赢得了鲁镇人的同情,那就错了。他们一开始耐着性子听祥林嫂讲那一段悲惨故事,是出于好奇与猎奇的心理,所以,"有些老女人没有在街头听到她的话,便特意寻来,要听她这一段悲惨的故事。直到她说到呜咽,她们也就一齐流下那停在眼角上的眼泪,叹息一番,满足的去了,一面还纷纷的评论着"。祥林嫂的丧子之痛一时间成了鲁镇人茶余饭后的谈助。但一当鲁镇人听熟了这个"悲惨的故事",人们便表现出了令人吃惊的冷漠,"便是最慈悲的念佛的老太太们,眼里也再不见有一点泪的痕迹。后来全镇的人们几乎都能背诵她的话,一听到就烦厌得头痛"。他们对待讲述不幸故事的祥林嫂,或是取笑犹恐不尖刻,或是回避犹恐不及时。鲁迅最后用这样一段沉痛的文字结束了《祝福》中"哀莫大于隔膜"的描写：

> 她未必知道她的悲哀经大家咀嚼赏鉴了许多天，早已
> 成为渣滓，只值得烦厌和唾弃；但从人们的笑影上，也仿佛
> 觉得这又冷又尖，自己再没有开口的必要了。她单是一瞥
> 他们，并不回答一句话。

实际上，祥林嫂的遭遇要比姚纳悲惨。《苦恼》只是写到人
们没有理会姚纳的丧子的苦恼，而《祝福》进一步写到了人们把
祥林嫂的悲哀"咀嚼赏鉴了"之后又加以"烦厌和唾弃"。那真
是"又冷又尖"到令人战栗的隔膜啊！

《苦恼》之后，"苦恼"的题旨——人与人的隔膜，一直延伸
在契诃夫的文学创作之中。只是随着生活积累与艺术功力的
长进，这一题旨在契诃夫的创作中变得更为深蕴。这在契诃夫
的戏剧创作中表现得尤其突出。在契诃夫的戏剧人物中虽然
已经没有姚纳这样的穷苦人，绝大多数都是些不愁吃穿的知识
分子。但他们照样苦恼着，而他们的苦恼照样得不到别人的关
心。各人都在想各人的心事。人与人之间无法沟通。

《祝福》之后，鲁迅也还在继续思考"人与人的隔膜"的问
题。鲁迅的思考带有更为强烈的社会批判精神，因为他的思考
具有通今达古的穿透力：

……古代传来而当今还在的许多差别,使人们各各分离,遂不能再感到别人的痛苦……(《坟·灯下漫笔》)

造化生人,已经非常巧妙,使一个人不会感到别人肉体上的痛苦了,我们的圣人和圣人之徒却又补了造化之缺,并且使人们不再会感到别人的精神上的痛苦。(《集外集·俄文译本〈阿Q正传〉序》)

楼下一个男人病得要死,那间壁的一家唱着留声机;对面是弄孩子。楼上有两人狂笑;还有打牌声。河中的船上有女人哭着她死去的母亲。人类的悲欢并不相通……(《而已集·小杂感》)

但鲁迅在无情地揭露人世间的冷漠、隔膜、寂寞的同时,也寄希望于人们不再隔膜的明天。

所以,《故乡》中的"我"想到"我竟与闰土隔绝到这地步了"时,鲁迅笔锋一转,因为"我们的后辈还是一气"而产生了乐观主义的希望:"我希望他们不再像我,又大家隔膜起来……他们应该有新的生活,为我们所未经生活过的"。

而鲁迅在逝世前不久为《呐喊》捷克译本作序的时候,还把这种希望扩展到了全人类:"自然,人类最好是彼此不隔膜,相关心。"

契诃夫对不隔膜的明天的希望要比鲁迅朦胧,但希望毕竟是存在的。在中篇小说《决斗》的结尾,当小说的两个主人公因互相隔膜而互相仇恨到准备互相残杀的风波终于平息之后,拉

耶夫斯基也有一段乐观主义的内心独白："寻求真理的时候，人
也进两步，退一步。痛苦啦、错误啦、对生活的厌倦啦会把他们
抛回来，可是寻求真理的热望和固执的毅力推动着他们不断前
进。谁知道呢？也许，人终于会达到真正的真理……"

在人们的意识里，契诃夫总是忧郁的，鲁迅自己也承认：
"我的作品，太黑暗了。"现实主义地描写隔膜的、苦涩的、幽暗
的人生，那外露的色彩不能不是"忧郁"乃至"黑暗"的，但契诃
夫和鲁迅心中怀着改变那个灰色人生的热望，所以他们的作品
深蕴着爱的暖流和理想的光亮。

这个"黑暗"与"光亮"的辩证法，鲁迅先生感受得很真切。
他说："人感到寂寞时，会创作；一感到干净时，即无创作，他已
经一无所爱。创作总根于爱。"

这是鲁迅的人道主义，也是契诃夫的人道主义。

遗憾的只是鲁迅希望的"彼此不隔膜"的时代还没有到来。
而且甚至可以说，随着科学文明的发展，人与人的隔膜也以一
种"更文明"的方式在发展着。这种新时代的"隔膜"也普遍地
反映到了新时代的文学中。因此，研究者们在研究文学中的
"隔膜"问题时，还不免要想到契诃夫的《苦恼》，以为它就是这
一主题的滥觞。有一位俄国评论家符·卡达耶夫在分析《苦
恼》的价值时，作了这么一段论述：

> 20世纪文学的重要主题——人的隔膜、隔绝、孤独的
> 主题在卡夫卡、加缪等的作品中，将在多少较为有文化的

人物身上得到体现，他们对周围环境的反应更为敏锐。契诃夫在下层人物的生活场景中捕捉到了这个涵盖一切的、具有全人类性的问题。姚纳的苦恼乃是具有全人类性的苦恼。

那么，祥林嫂因与鲁镇人相隔膜而产生的苦恼是否也具有某种全人类性呢？回答应该是肯定的。因为渴求交流与理解的各种肤色的人们多多少少地明白一个道理：哀莫大于隔膜。

Ⅱ 忧伤中透着亮光

个性的巨大魅力

——契诃夫和他的红颜知己

都说契诃夫有女人缘,契诃夫纪念馆馆长贝契科夫写了本书,专门叙述契诃夫与他的红颜知己们交往的故事。这位馆长曾与一个朋友探讨一个问题:"为什么那些性格迥异的女人会一眼就爱上契诃夫?而且会永远地爱着他,记着他?"

丹钦科在回忆录里对此有所说明:"俄罗斯的知识女性最迷恋男人的才气。"也有人强调契诃夫的容貌与气质、神志能讨女人欢心。俄国作家柯罗连科这样描述他 1887 年初识契诃夫的印象:"在我面前站着一个样子显得更为年轻的青年人,个子略高于中等身材,眉清目秀,还没有失去英俊少年的容姿。他的面孔上有某种很独特的神情,我一时无法形容,但是后来倒是同样与契诃夫认识的我的妻子把这准确地描绘了出来,她认为尽管契诃夫具有不容置疑的知识分子气质,但在他的脸上有某种让人联想起淳朴的农村少年的神态,而这是尤其吸引人的。甚至契诃夫的深邃而明亮的眼睛,在闪耀着思想的同时,也洋溢着孩子般的天真。"

贝契科夫在契诃夫的容貌与才气之外，还用了一个词眼：
"个性的巨大魅力"。

当然，契诃夫之所以有很多红颜知己，也不要忽视契诃夫
的主观因素，要知道，他曾经坦承："我永远不会成为一个托尔
斯泰主义者，对于女人，我首先欣赏她的美丽。"

蒲宁也说过："契诃夫能细腻而强烈地感受女性美。"

这样我们大概可以肯定：契诃夫的红颜知己都是面容姣
好、素质很高的知识女性。我想在这里介绍其中的四位。前边
三位对于契诃夫的苦恋让人动容。而另一位，则是契诃夫十分
心仪的女演员。

德罗兹多娃

她是个女画家，她曾是契诃夫妹妹玛丽娅的学生，和契诃
夫一家都熟识，对契诃夫一见钟情，常常给他写信，信里流露着
深深的感情，也期待着有朝一日与契诃夫喜结良缘。

但是 1901 年 5 月 25 日，契诃夫与克尼碧尔结婚的消息打
碎了她的美梦。她在绝望中给契诃夫写了这样一封信：

> 亲爱的可爱的安东·巴甫洛维奇！我的上帝，您结婚
> 的消息给我带来了多少痛苦，我那时正在作画，就让画笔
> 和调色板都见鬼去吧！我在最后一刻都没有失去嫁给您
> 的希望。我一直以为，凭借我的朴实，上帝会赐予我幸福。

而现在,我已经没有这个希望了。现在我是多么憎恨奥尔加·列奥纳道芙娜(克尼碧尔),我的嫉妒心变成了巨大的愤恨,现在我不能再看到您,看到您的可爱的亲爱的面孔,我是那样地恨她,而您却竟与她在一起。

但怨艾与醋意终究要过去的。德罗兹多娃恢复了与契诃夫的友谊。她后来在回忆录里深情地记述了她与契诃夫的最后一次会面。那是在契诃夫夫妇 1904 年 6 月 3 日离开莫斯科出国治病的前一天,那天中午,克尼碧尔恰好不在家,德罗兹多娃走到正卧病在床的契诃夫跟前,契诃夫对她说"请坐",而她跪倒在契诃夫的床前,契诃夫默默地用手抚摸着她的头发,她眼眶里噙满了眼泪。为了不号啕大哭起来,她一句话也没有说,就跑出了屋外。

塔吉扬娜·托尔斯塔雅

塔吉扬娜是列夫·托尔斯泰的长女,她也是托尔斯泰与契诃夫交往中很多场合的见证人。在 1896 年 4 月 19 日的日记里,塔吉扬娜曾把她对契诃夫无法遏制的爱慕之情倾吐了出来:

> 契诃夫就是一个我可以发疯地去依恋的男人,没有一个男人像他那样能让我一见钟情。

她也写信给契诃夫，对他的写作才华赞不绝口，说："在《宝贝儿》中，我从女主人公身上认出了自己，这让我害羞起来。"这里还有一个插曲，契诃夫的朋友缅尼什科夫，他同时也是托尔斯泰一家的朋友，在一封给契诃夫的信中，竟然特地说到了塔吉扬娜对他的好感："他们全家都在高山之巅，所有的人都能看得见他们。但居然没有一个男士愿意给这位可爱的姑娘（指塔吉扬娜）幸福，您别以为我是在给您做媒，要把您和她撮合一起——尽管她不断地以最真诚的好感在谈论着您。"

契诃夫没有理会缅尼什科夫的"别有用心"的暗示。以契诃夫的性格，绝对不可能对于一个被他视为"圣人"之人的女儿心存非分之想。

贝契科夫在那本书里最后以这样一个场景来结束关于塔吉扬娜苦恋契诃夫的叙述：

> 契诃夫沿着花园的小径，与阿历克山德拉边说边走，身体还未完全复原的列夫·托尔斯泰坐在凉台的椅子上，眼睛盯着他们，开始向身边的女儿塔吉扬娜赞美契诃夫："啊，他是多么可爱、多么优秀的人，谦虚，谨慎，简直是太好了！"

塔吉扬娜此时甚至都无法保持身体的平衡了。她一边抹着眼泪，一边跑回屋子里去。

阿维洛娃

阿维洛娃是位女作家,契诃夫曾给她写过三十一封信。契诃夫一些文学观念也出自这些信札。

1897 年 3 月 25 日,契诃夫因大口吐血,在莫斯科一家医院住院。阿维洛娃第二天就去医院探望,还给契诃夫送了一束鲜花。但阿维洛娃的一个重要功劳,是她促成了托尔斯泰 3 月 28 日去医院探视契诃夫,从而有了两人在病房里关于"人死后是否还有灵魂"的著名争论。

关于这个,阿维洛娃在回忆录里是这样记录的:

> 她从医院出来,在路上巧遇托尔斯泰——
>
> 我和他说起了安东·巴甫洛维奇。
>
> "这是怎么回事?我知道他病了,但我想可能不准任何人去看他。那么明天我就去看他。"
>
> "列夫·尼古拉耶维奇,您去看看他吧,他会高兴的。我知道他非常喜欢您。"
>
> "我也喜欢他,但我不懂他为什么要写剧本。"

阿维洛娃的回忆录《我生命中的契诃夫》洋洋数万言,力图证明她与契诃夫有恋爱关系,但她的说法遭到了契诃夫妹妹的批驳,认为这只是阿维洛娃的单相思,而她哥哥不会报以同样的感情。我读过契诃夫写给阿维洛娃的三十一封信，的确没有一封信是可以归之为"情书"之类的。

阿维洛娃的回忆录的最后一段文字引人注目。她先抄录了契诃夫 1904 年 2 月 16 日写给她的信，这也是写给她的最后一封信——

……愿你一切都好，主要是要高高兴兴地过日子，不要太费脑子去探究生活，大概这生活实际上要简单得多。这是个我们并不了然的生活，这值得大家去对它苦苦思索吗？为了这痛苦的思索，折磨了我们多少俄罗斯人的脑袋瓜。——这还真是个问题。紧握您的手，为了您的来信，向你致以诚恳的谢意。祝你健康，安好。忠实于您的安·契诃夫。

随后阿维洛娃写下了如下感慨：

这封信，我反复阅读了好几百遍，安东·巴甫洛维奇这种新的情绪是从何而来？"生活要简单得多，无需苦苦思索……"而我觉得他在回首自己的过去时，正在苦涩地、亲切地微笑着。他不是那样生活了，不是那样想了和感受了，生活完结了。

阿维洛娃出过小说集，但后人能读到她的唯一作品，就是她这篇洋洋数万言的《我生命中的契诃夫》。她的生命的确附丽于契诃夫的生命中了。

柯米萨尔日芙斯卡娅

我觉得在契诃夫的红颜知己中,演员柯米萨尔日芙斯卡娅是特别令契诃夫敬重的。契诃夫对她怀有特别的好感。研究柯米萨尔日芙斯卡娅的学者认为,她的表演风格是"真挚的柔情结合着巨大的内心激情",认为她是第一个理解了契诃夫戏剧的美质的女演员。她成功地传达了契诃夫戏剧的内在激情,甚至契诃夫认为"她是妮娜这一角色的无人可以取代的表演者"。

1896 年 10 月 17 日,彼得堡皇家剧院首演《海鸥》,惨遭失败。但契诃夫还是认为主演妮娜的柯米萨尔日芙斯卡娅非常出色。

戏剧史上说起这场失败的演出,都会引证契诃夫 1896 年11 月 20 日写给丹钦科的那封信里的那个段落:

> 我的《海鸥》在彼得堡首演惨遭失败,剧场里弥漫着敌意,空气被憎恨挤压得使人喘不过气来,于是我依据物理学的原理,像一颗炸弹似的飞出彼得堡……

但是要知道,在这段文字之后,契诃夫还写了这样的话:

　　您对彼得堡的不满,我能理解,然而彼得堡也有很多美丽的印象,比如阳光照耀下的涅瓦河,比如柯米萨尔日芙斯卡娅。我认为她是个特别杰出的女演员。

　　大家倒是想想,在经历了《海鸥》首演的失败之后,在心情如此沮丧的情况下,契诃夫还把柯米萨尔日芙斯卡娅和阳光照耀下的涅瓦河拿出来一起赞美。

　　当然,柯米萨尔日芙斯卡娅是知道契诃夫对她青眼相看的,所以在 10 月 21 日第二场戏演出成功之后,这位女演员立即给契诃夫写了这样一封信:

　　　　我刚从剧场回来,安东·巴甫洛维奇,亲爱的,我们成功了! 完全的成功! 我多么希望现在能看到您。我更希望您能在现场听到观众齐声叫喊"请作者上台"的声音。您的,不,是我们的海鸥,因为我和它已经在灵魂上永远连接在一起了。它存在着,痛苦着,相信着它能给很多人带来希望⋯⋯

　　1964 年出版的《柯米萨尔日芙斯卡娅传》的作者在引证了这封信后,继续写道:

　　　　柯米萨尔日芙斯卡娅,以其令人惊奇的诗意的远见,在这里指明了《海鸥》,它的作者与她本人的历史命运⋯⋯

契诃夫在并不认识柯米萨尔日芙斯卡娅的情况下,在《海鸥》中展示了柯米萨尔日芙斯卡娅的灵魂……在一次相遇之后,他们成了一世的朋友。

《海鸥》后来于 1898 年 12 月 17 日在莫斯科艺术剧院的舞台上获得了辉煌的成功,但契诃夫看过之后,还是表示,他不能满意妮娜的扮演者罗克萨诺娃的表演,他实际上已经很难接受柯米萨尔日芙斯卡娅之后的妮娜的扮演者了。

契诃夫对于她的友好感情,可以从他于 1898 年 11 月 2 日写给她的一封信中看得出来:

> 您信里对我说,您去看医生吧,去看医生吧,去看医生吧。而我要对您说,您多么善良呀,多么善良呀,多么善良呀……说上一千次!……您给我寄张您的照片来吧,照片尽可能选好的,大的——不能小于六寸……您的来信深深打动了我,我衷心感谢您。您是知道我对您的看法的,因此您能理解我是多么感谢您。您的来信使我多么高兴。紧握您的手,忠诚于您的安·契诃夫。

他俩互赠过照片,契诃夫赠予的一张照片上,还有一句很别致的题词:"赠维拉·费多洛芙娜·柯米萨尔日芙斯卡娅,平静的安东·契诃夫,在这个大海咆哮的风雨天。"

这是契诃夫给柯米萨尔日芙斯卡娅 1898 年 10 月 9 日来

信的回复。女演员在信中请求病中的契诃夫一定要去看医生。信的最后，她用近似哀求的关切的口吻对契诃夫说："如果您不去看医生，您会让我心疼的。您答应我吧，好吗？"

因为《海鸥》，柯米萨尔日芙斯卡娅与契诃夫成了朋友。其实，柯米萨尔日芙斯卡娅得到妮娜这个角色，是个意外的幸运。彼得堡皇家剧院原先是把这个角色派给萨文娜的，但这位头牌女演员考虑再三，最终还是放弃了，于是扮演《海鸥》女主角的任务落到了这位天才的青年演员的肩上。而柯米萨尔日芙斯卡娅一读到这个剧本，就把自己的生命与海鸥融为一体了。她是这样说的：

接到海鸥这个角色是在此剧公演前的几天，我这之前不知道这个剧本。我在这个夜晚，第一次读了《海鸥》，我哭了一个夜晚。到了早晨，我就爱上了海鸥，它是我的海鸥——我活在了海鸥的灵魂里。

这是人的命运，也是戏剧的命运。

读书不觉已春深

——契诃夫和我

在黑龙江上

《可爱的契诃夫》是我翻译的契诃夫书信选，在我之前已有好几位前辈翻译过契诃夫的书信，最早翻译契诃夫书信的中国人可能是周作人。1925年，他有篇随笔《日记与尺牍》发表，文中录有1890年6月29日的《契诃夫与妹书》，这是一封契诃夫在黑龙江的江面上写的信："我的舱里流星纷飞——这是有光的甲虫，好像是电器的火花。白昼里野羊游泳过黑龙江。这里的苍蝇很大。我和一个契丹人同舱，名叫宋路理。他屡次告诉我，在契丹为了一点小事就要人头落地……"

译笔一流，可惜他把"中国人"误译为"契丹人"了，把"中国"误译为"契丹"了。但我想，错不在周先生，当是他据以翻译的英译本出了差错。

那位宋姓中国人何许人也？研究中俄边境史的刘邦厚先

生有个判断,他在《人生彼岸》(1997)一书中写道:"我想那位宋先生该是懂俄语识俄情的在俄国轮船上常来常往的商人。噢,会不会是李金镛那位极为得意的年轻属员,民国初年任黑龙江巡抚的宋小濂?"(李金镛发迹于淮军,是李鸿章的得意门生,曾受命北上,开发漠河金矿。)

刘邦厚先生在上世纪 90 年代,任黑龙江省文化厅副厅长,是位极有文化素养的文化官员,他在任内创建了瑷珲博物馆,而且力排众议,在博物馆的后院竖立了一尊契诃夫半身白色塑像。因为他认为 1890 年契诃夫的黑龙江之行,与在瑷珲城的小憩,是一件极有历史文化意味的事件。"因为哪一幕也没有契诃夫从这里进入黑龙江更潇洒浪漫,更充满了人性。"

1989 年 7 月 30 日,刘邦厚陪同我们几个从北京来的客人,从黑河登船去瑷珲访古。回京后我写了篇文章,其中写道:"当我坐在从黑河驶往瑷珲的汽轮上,便想到了契诃夫,想到了几年前读过的他那封一百零八年前在瑷珲江面上写的信……"

我觉得这很美

今年(2017 年)是契诃夫逝世一百一十三周年。一百一十三年前的一天凌晨,契诃夫去世,他死得很美丽。我就知道三个大作家的死亡十分美丽。一个是歌德,他在临死之前要求把房里的所有窗子都打开,说:"需要更多的光。"一个是中国的歌德研究者、诗人冯至,他临死之前想写一首关于死亡的诗。还有一个就是契诃夫,他是喝了一杯香槟酒之后安详地死去的。

我一直追踪着与契诃夫之死联系着的一个一个美丽的往事。载着契诃夫灵柩的火车驶进俄罗斯原野上,契诃夫夫人克尼碧尔在车厢里倚窗诵读剧本《樱桃园》。我觉得这很美。

1904年7月22日,契诃夫的灵柩运抵莫斯科,去迎接灵柩的扎依采夫回忆说:到火车站去集合着迎接他的是俄罗斯的平民百姓,大学生,哭红了眼睛的年轻女子,没有将军,没有警官,没有工厂主,没有银行家,有知识分子,也有年长的,但都是用心去爱着他的人。我现在还记得把灵柩从火车站移送到广场上的心情,有一段路程我们是用手抬着的,后来才把灵柩放在灵车上。送葬的队伍组织得很有秩序,当队伍在狭窄的杜姆尼科夫斯基街行进的时候,一位裁缝工人从地下室的窗子里探出头来,问:"这是给将军送葬?——不,这是给作家送葬——作——家!"这一天留下了一道长长的离愁别绪,却又有光明的印象,心儿像是受洗了一般的敞亮——悲痛本身放射出了光亮。

我觉得这很美。

落葬的下午,契诃夫旧日的恋人米齐诺娃穿一身黑裙来到契诃夫家,站在窗口看着窗外整整两个小时一言不发。我觉得这很美。办完丧事,契诃夫夫人把契诃夫的遗嘱交给契诃夫的妹妹,遗嘱的最后一句是:"帮助穷人,爱护妈妈,全家和睦。"我觉得这很美。

一百年后的2004年,契诃夫故乡的居民,在契诃夫故居的旁边，栽种樱桃树，以这样的方式来纪念契诃夫逝世一百周年。我觉得这很美。也是在 2004 年，中国戏剧人用举办契诃夫国际戏剧节的方式，纪念契诃夫逝世一百周年，闭幕式演出了契诃夫的《樱桃园》。我觉得这很美。

契诃夫害怕托尔斯泰死去

台湾戏剧人李元亨先生、李洁逸小姐来访，我以《可爱的契诃夫》相赠。几天过后的 2015 年 8 月 11 日，李小姐发来短信："老师，我正在读《可爱的契诃夫》，太好看了，太棒了，我一定要和你说。"这又一次说明，契诃夫不仅活在小说里，活在舞台上，还活在他的书信中。

契诃夫的书信最早出版于 1914 年，俄国人一读到契诃夫书信，就感到这些书信丰富了他们对契诃夫人格的认知。哲学家罗扎诺夫读过书信后，若有所悟地说："他是和我们一样的人，不过他更精致、典雅。"

1914 年出的契诃夫书信集，是契诃夫的妹妹玛丽娅编的，由于有位契诃夫的友人缅尼什科夫拒绝提供他所拥有的契诃夫书信，那个时候的俄国人还无缘读到契诃夫 1900 年 1 月 28 日写的那封表达他对托尔斯泰崇敬之情的信：

我害怕托尔斯泰死去。如果他死去，我的生活会出现一个大的空洞。因为第一，我爱他，甚于爱任何人；我是一个没有宗教信仰的人，但所有的信仰中，唯有他的信仰最让我感到亲切。第二，只要文学中存在托尔斯泰，那么当文学家就是一件愉快的事，甚至当你意识到自己毫无作为时，你也不感到可怕，因为托尔斯泰正在为所有的人写作，他的作品满足了寄托在文学身上的那些期望与憧憬。第三，托尔斯泰坚实地站着，有巨大的威望，只要他活着，文学里的低级趣味，以及花里胡哨、俗里俗气、病态的如诉如泣、骄横的自我欣赏，都将远远地、深深地淹没在阴影中。只有他的道德威望，能够将所谓的文学倾向和潮流固定在一个相当的高度上。如果没有了他，文坛便成了没有牧羊人的羊群，或一锅糊里糊涂的稀粥。

《可爱的契诃夫》出版后，《作家文摘》的编辑王晓君想选登一些契诃夫的书信。我问她最喜欢契诃夫的哪些信，她说就是说"他害怕托尔斯泰死去"那封。

2015 年 4 月 3 日，《文汇报》发表该报记者写的评介《可爱的契诃夫》的文章，标题就是《契诃夫曾经害怕托尔斯泰死去》。

幸福是什么？

契诃夫的哪一个理念最能让 21 世纪的现代人感到亲切？我想，可能是他的幸福观吧。也正因为这个幸福观，更加拉近了他与托尔斯泰的心灵距离。

1886 年 1 月，托尔斯泰在《俄罗斯财富》杂志上刊登了一篇题为"幸福是什么?"的文章，他很具体地列举了人获得幸福的五项必要条件。首要条件是与大自然亲近："幸福是一种不把人与大自然隔离开来的生活，也就是说，要生活在天空下，阳光下，新鲜空气下，与土地，与植物，与动物亲切交流。"

托尔斯泰的这个幸福观与契诃夫不谋而合。在他的书信中，有多少文字描写了他置身于大自然中获得的幸福感!

天气真好，所有的鸟都在啼啭，所有的花都在开放。花园一片翠绿……每天都有万物竞相生长，夜莺，公牛，鹧鸪，及其他的飞禽，在一片蛙声的伴奏下，昼夜不停地鸣叫……大自然是一帖极好的镇静剂，它能让人心平气和，也就是说，它能让人变得与世无争。(1889 年 5 月 4 日信)

在大自然中有某种神奇的特别感动人的东西，椋鸟飞来了，四处水声潺潺，在白雪融化了的地方，已经长出青草……看看这春天，我真希望另外一个世界上存在天堂。(1892 年 3 月 17 日信)

现在乡间很好，不仅是好，甚至是美妙。真正的春天，绿树成荫，天气暖和，夜莺在歌唱，青蛙在喧闹。我没有钱，但我是这样想的：富足的人不在于他拥有很多钱财，而是在于他现在具有条件生活在早春提供的色彩斑斓的环境中。(1892 年 4 月 29 日信)

我在森林里穿行，太阳照耀着，整整两个小时。感觉

像是个国王……（1893 年 4 月 1 日信）

　　天气好极了，在屋子附近的绿荫里，有只夜莺不停地啼叫……我坐着自己的三套马车，深夜从一家精神病院回家，三分之二的路要穿行森林，在月光的照耀下，这种奇特的感觉，很久没有体验过了。这感觉就如同刚刚与情人幽会回来。我想，与大自然的亲近和闲适，乃是幸福的必要条件。舍此，不可能有幸福。（1894 年 5 月 9 日信）

　　契诃夫第一次与托尔斯泰会面，是在 1895 年 8 月 8 日，契诃夫怀着一颗虔诚的心，去雅斯纳·波良纳庄园拜见托翁。托尔斯泰邀请他先一起到池塘里去游泳，所以他们两人的第一次谈话是在水中开始的。也就是说，他们的谈话不仅"在天空下，阳光下，新鲜空气下"，甚至还在清澈的池水里进行。

　　契诃夫和托尔斯泰对这次会面都感到高兴。契诃夫回到家里之后，给一位友人写信说："印象好极了，我感到轻松自在，就像在家里一样。我和他的谈话也十分投机。"

　　托尔斯泰也在给儿子写的信里，说起了契诃夫给他留下了良好印象："契诃夫到我们家来了，我喜欢他，他很有才华，他大概也有一颗善良的心。"

高尔基回忆契诃夫

　　写契诃夫回忆录的人很多，写得最精彩的当然是高尔基写的那篇，因为他是契诃夫最信得过的青年朋友。

高尔基的回忆文章是"由浅入深"的。文章开头直接记述了 1899 年 4 月 5 日契诃夫对他说的一席话：如果我有很多钱，我就为得了病的乡村教师在这里建一所疗养院，我要建一所非常敞亮的房子，安上大窗户，高高的天花板，里边还有个很漂亮的图书馆……

说得多具体！

但慢慢地，高尔基就往人性的深里写了："我认为每一个人，到了安东·巴甫洛维奇身边，就会不由自主地感到，自己产生了一种愿望：希望自己变得更单纯，更真实，更像他自己……"

"他永远保持着自我，他拥有内在的自由。"

"他的敌人是庸俗，他一辈子都在与庸俗斗争。"

"他爱种花、植树，美化土地，他能感知劳动的诗意。"

很多人都描写过契诃夫的外部特征，但我以为高尔基对契诃夫的写照最传神：当他笑的时候，他的眼睛非常美——那眼睛有些女性的温存和亲切的柔情。他的笑几乎是无声的，让人觉得特别舒服。他笑着的时候，好像自己也在享受这个笑，他心花怒放了。我不知道还有谁能够这样地笑，我想说——这是"心灵在笑"。

临近结尾时，高尔基写了这样一段诗意盎然的赞词："回忆这样的人，是一件赏心乐事，一种感奋会刹那间回到你的生活里，明确的思想又走进了你的生活。人，是世界之轴。"

好多年前，我在《中华读书报》上读到过一篇文章，作者说他开始喜欢契诃夫,就是在读了高尔基的回忆录之后。他为契诃夫的想给"得了病的乡村教师建一座疗养院"的菩萨心肠所感动。那篇文章的作者曾经当过农村教师。

契诃夫的肖像画

1898 年,契诃夫在法国尼斯逗留期间,画家勃拉兹给契诃夫画肖像画,完成之后一直陈列在莫斯科的特列季雅科夫斯基画廊,这也是我们最常见的已经被视为契诃夫标准像的契诃夫画像。契诃夫周围的人,见到这个肖像画,都说画得好、画得像,唯有契诃夫本人不认可这幅画。而且他后来在写给妹妹契诃娃的信里,写明了他不满意这幅画的原因:

> 人们都说画得非常像我,但这个画像,我并不觉得成功:在画上有不是我的东西,也有我的东西在画上没有。

我对契诃夫的这句评语印象深刻,我家里的墙上就挂着契诃夫这幅画的印刷品。我有条件好好对着这幅画来判断契诃夫的什么东西在画上没有。

有位名叫乌里扬诺夫的画家,也有给契诃夫画肖像画的经历。他在一篇题为《给契诃夫画肖像》的文章里说:"契诃夫是不可捉摸的,他身上有某种无法说清的柔情。"是的,我们姑且可以认为在勃拉兹的这幅肖像画里,缺少契诃夫式的柔情。

然而，人们在评论契诃夫的性格特征时，常常是把近似羞涩的谦逊放在首位。契诃夫的友人缅尼什科夫 1914 年发了感慨说："他的主要不幸是，由于自己的谦虚，他没有意识到自己是个伟大的作家。"

爱伦堡在《重读契诃夫》一书的开头就说："契诃夫是个谦虚的人，他生性谦虚，他从来不以为自己是个预言家、是个导师。他甚至没有大作家的自我感觉。他从来没有自己高人一等的意识。他的矜持与他的生性羞涩有关，而并非是想脱离大众，独善其身。"

那么，我们可以比较肯定地说，在勃拉兹的这幅画里，缺少契诃夫的矜持、羞涩和谦虚的自我感觉。

那是美丽的死亡

准备举行《可爱的契诃夫》的首发式，拟请在《爱恋·契诃夫》中主演米齐诺娃的伊春德，在首发式上朗读一些包括书信、回忆录在内的文字资料，其中就有克尼碧尔回忆契诃夫生命最后时刻的那篇短文。

我把那篇短文交给了伊春德，她当着我的面读了起来，读着读着，她停了下来，沉吟片刻，又接着读下去。读完之后，她说："童老师，我觉得能够写出这样美丽文字的女人，一定是个好人。"

好了，我索性把克尼碧尔的这篇回忆文章拿出来，与大家分享：

安东·巴甫洛维奇很平静、安详地去到另一个世界。他睡着了,过一个小时,他又醒了过来。十二点多钟开始烦躁,将冰块从胸口推开,说空洞的心脏无需冰块,他平生第一次主动提出要把医生找来……

医生来了,关照去拿瓶香槟酒。安东·巴甫洛维奇坐起身,很庄重地用德语大声对医生说:"我要死了……"

然后他拿起酒杯,把脸转向了我,露出那迷人的微笑,说:"我很久没有喝香槟酒了……"

他平静地喝完了这杯酒,安稳地将身子朝左侧躺下,很快便睡着了,永远地睡着了……这是美丽的死亡,没有濒死的挣扎,没有苦痛……

医生走了……天慢慢变亮,随着大地的苏醒,鸟儿唱起了柔美的歌声,宛如对死者的第一声祈福。附近的教堂也传来了管风琴的奏鸣声。没有人声嘈杂,没有市井喧嚣,有的是美,是静和死亡的庄严……

面对死亡,契诃夫为什么这么淡定? 他是怎么看待死亡的?

在契诃夫去世前三年,他写了《三姐妹》。在这个剧本的尾声处,契诃夫很喜欢的一个剧中人物来和他的未婚妻诀别,说:"我该走了……瞧,这棵树已经死了,可还像其他树一样随风摇摆。我觉得即使我死了,我还是会以某种方式,加入到生活里去的。别了,我亲爱的……"

契诃夫已经死了一百多年了,但他还在"以某种方式加入到生活里去"。

契诃夫墓园

2015年3月14日,《可爱的契诃夫》首发式上,我看到背景板上有"向契诃夫致敬"的字样,让我发言,就随口说了一句:"最早向契诃夫致敬的中国人大概是徐志摩。"这个说法后来有记者传播了出去。

我这个说法的根据,是徐诗人1925年写的长文《欧游漫录》,文中第十一节《契诃夫墓园》,就是写他专程到莫斯科去拜谒契诃夫墓的情景:

那圣贞庵本身是白石的,葫芦顶是金的,旁边有一个极美的钟塔。红色的,方的,异常的鲜艳,远望这三色——白、金、红的配置,极有风趣。墓碑与坟亭密密地在这塔影下散布着……但它们表示的意思却只是极简单的一个,古诗说的:"下有陈死人,杳杳即长暮,潜寐黄泉下,千载永不寤。"……契诃夫的墓上只是一块瓷青色的碑,刻着他的名字与生死的年份,有铁栏围着,栏内半化的雪里有几瓣小青叶,旁边树上吊下去的,在那里微微地转动。我独自倚着铁栏,沉思契诃夫今天要是在这他不知怎样。他是最爱"幽默",自己也是最有谐趣的先生……有幽默的人是不易做感情的奴隶的……

但不仅自己而且是第一次代表中国作家去向契诃夫致敬的,还是 1954 年应邀去苏联参加纪念契诃夫逝世五十周年的巴金。1954 年 7 月 15 日,也就是契诃夫逝世五十周年的那一天,巴金到新圣女墓园去拜谒了契诃夫墓,巴金回国后写的一篇长文,对此有所记述:

> 典礼结束以后,我和沙夏(翻译)走到契诃夫墓前去告别,克尼碧尔在铁栏杆里面,契诃夫的侄儿在她的旁边。我站在栏外,她正转过身来看见了我,满是皱纹的脸上露出和蔼的微笑。契诃夫的侄儿向我点头,她向我伸出手来。我握了她的手,我说我是从北京来参加这个典礼的。她迟疑了一下,契诃夫的侄儿在她的耳边把我的话重述了一遍,她亲切地说:她看见我好像看见亲人一样。

克尼碧尔 1868 年出生,1959 年去世,终年九十一岁。巴金是幸运的,我想,曾与契诃夫夫人亲切互动过的中国人不会很多。

善良也是生产力

2015 年 7 月 1 日,接到商务印书馆成都分馆总编辑丛晓眉女士的短信:"这是我看到的一位读者的留言,不禁心生感动,与你分享:'几天时间读完了,真是善良的、温暖的、有趣的人。

读到后面,令人难过,因为他快死了,青霉素出现得太晚了,它挽救了无数人,却没能救下契诃夫。'"

这位读者花"几天时间读完"的是《可爱的契诃夫》。他(或她)读完之后觉得契诃夫"真是善良的、温暖的、有趣的人",把"善良"放在了第一位。

契诃夫看人也是把善良放在重要位置上的。1897 年 3 月 28 日,他给一位他很欣赏的女作家写信说:"您真善良,很善良,我都不知道该怎么感谢您。"

有演员问契诃夫夫人克尼碧尔,应该怎么演契诃夫的戏剧?克尼碧尔回答说:"主要的是,要像契诃夫那样地爱人。"也就是说,要像契诃夫那样怀着善良的悲悯情怀。

在俄罗斯,把"善良"当作契诃夫最重要的人格特征加以颂扬,是在上世纪 50 年代之后。为什么?因为诚如帕乌斯托夫斯基在《金蔷薇》(1956)中所说:"我们苏联作家缺乏契诃夫的善良。"进而爱伦堡在《重读契诃夫》(1960)中指出:"如果契诃夫没有他那少有的善良,他就写不出他已经写出来的这些作品。"

爱伦堡这句话我 1960 年就读到了的,但没有太在意。上世纪 80 年代开始翻译《重读契诃夫》时,才体会到这句话的深意。

2015 年 4 月 18 日,我与剧作家费明应邀到天津宝坻去作一次戏剧讲座。汽车在京津高速公路上疾驰,费明先生突然对我说:"童先生,你们那个关于契诃夫的视频我看过了,我记住了你说过的一句话:'善良也是生产力。'这句话很棒!"

惜别樱桃园

——契诃夫的忧郁

惜别樱桃园

1904 年 1 月 17 日,是契诃夫的四十四岁生日。莫斯科艺术剧院选择这一天首演《樱桃园》。演出中间还为剧作者举行了祝寿仪式。斯坦尼斯拉夫斯基后来在《我的艺术生活》中记下了这个庆典的隆重但也沉重的印象:"在庆祝会上,他(即契诃夫)却一点也不愉快,仿佛预感到自己将不久于人世了。"

在那个距今已快满一百年的莫斯科市区的夜晚,契诃夫预感到了他是在过自己的最后一个生日,但他未必会预见到《樱桃园》的长久的活力。

"活力"在哪? 不妨先勾勒一下它的可以一下子梳理出来的故事头绪:为了挽救一座即将拍卖的樱桃园,它的女主人从巴黎回到俄罗斯故乡。一个商人建议她把樱桃园改造成别墅出租。女主人不听,樱桃园易主。新的主人正是那个提建议的商人。樱桃园原先的女主人落了几滴眼泪，走了。落幕前，观众听到"从远处隐隐传来砍伐树木的斧声"。

无疑，《樱桃园》的意蕴联系着"樱桃园的易主与消失"这个戏核。但随着时代的演进，从这个戏核可以生发出种种不同的题旨来。在贵族阶级行将就木的 20 世纪初，由此可以反思到"贵族阶级的没落"；在阶级斗争如火如荼的十月革命后，由此可以导引出"阶级斗争的火花"；而在阶级观点逐渐让位给人类意识的 20 世纪中后叶，则有越来越多的人从"樱桃园的消失"中，发现了"人类的无奈"。在最早道出这种新"发现"的"先知先觉"中，就有比契诃夫晚生九年但比契诃夫多活五十五年的契诃夫夫人克尼碧尔。她也是"樱桃园女主人"一角的最早的扮演者。在她去世前不久的 50 年代末，像是留下一句遗言似的留下了这样一句话："《樱桃园》写的乃是人在世纪之交的困惑。"

"困惑"在哪？不妨再挖掘一下剧本的可以一下子挖掘下去的故事底蕴；美丽的"樱桃园"终究敌不过实用的"别墅楼"，几幢有物质经济效益的别墅楼的出现，要伴随一座有精神家园意味的樱桃园的毁灭。"困惑"在精神与物质的不可兼得，"困惑"在趋新与怀旧的两难选择，"困惑"在情感与理智的永恒冲突，"困惑"在按历史法则注定要让位给"别墅楼"的"樱桃园"毕竟也值得几分眷恋，"困惑"在让人听了心颤的"砍伐树木的斧声"，同时还可以听作"时代前进的脚步声"……

《樱桃园》是一部俄罗斯文化味道十足的戏剧。但在它问世半个世纪之后,随着新的"世纪之交"的临近,当新的物质文明正以更文明或更不文明的方式蚕食乃至鲸吞着旧的精神家园时,《樱桃园》这个剧本反倒被越来越多的人看成是可以寄托自己情怀的一块精神园地,这就是为什么近三十年来世界著名导演竞相排演这个戏的原因。于是,《樱桃园》里包裹着的那颗俄罗斯的困惑的灵魂,像是升腾到了天空,它的呼唤在各种肤色的人的心灵中激起了共鸣的反响。其中自然也包括我们黑头发黄皮肤的龙的传人。

20 世纪 50 年代末,旅欧华人作家凌叔华重游日本京都银阁寺,发现"当年池上那树斜卧的粉色山茶不见了。猩红的天竹也不在水边照影了……清脆的鸟声也听不到了"。而在寺庙山门旁边"却多了一个卖票窗口了"。告别已经成为营业性旅游点的银阁寺,凌叔华女士在她的散文《重游日本》里写下了自己的"心灵困惑":"我惘惘地走出了庙门,大有契诃夫的《樱桃园》女主人的心境。有一天这锦镜池内会不会填上了洋灰,作为公共游泳池呢? 我不由得一路问自己。"

在"樱桃园"变成历史陈迹的时候,有《樱桃园》女主人心境的人,并不非得是女性,也并不非得熟悉契诃夫的剧本《樱桃园》。20 世纪 50 年代中期,当北京的老牌楼、老城墙在新马路不断拓展的同时不断消失与萎缩的时候,最有契诃夫《樱桃园》女主人心境的北京市民,我想一定是梁思成先生了。

古人留给我们一句"物是人非"的成语。所谓"倏来忽往,物在人亡"。现在人的寿命大大延长了,而"物"呢? 反倒容易陷入"面目全非"或"面目半非"的窘境。这几年来，多少个博物馆的"半壁江山"割让给了现代家具展销会，多少个幼儿园"脱胎换骨"成了高档餐厅或卡拉 OK 歌舞厅。我们该在心中兴起"倏来忽往，人在物非"的感喟了。

时代在快速地按着历史的法则前进，跟着时代前进的我们，不得不与一些旧的但也美丽的事物告别。在这日新月异的世纪之交，我们好像每天都在迎接新的"别墅楼"的拔地而起，同时也每天都在目睹"樱桃园"的就地消失。我们好像每天都能隐隐听到令我们忧喜参半、悲欢交加，令我们心潮澎湃，也令我们心灵怅惘的"伐木的斧声"。我们无法逆"历史潮流"，保留住一座座注定要消失的"樱桃园"。但我们可以把消失了的、消失着的、将要消失的"樱桃园"，保留在我们的记忆里，只要它确确实实值得我们记忆。大到巍峨的北京城墙，小到被曹禺写进《北京人》的发出"孜妞妞、孜妞妞"的声响的曾为"北平独有的单轮小水车"。

谢谢契诃夫。他的《樱桃园》同时给予我们以心灵的震动与慰藉；他让我们知道，哪怕是朦朦胧胧地知道，为什么站在新世纪门槛前的我们，心中会有这种甜蜜与苦涩同在的复杂感受；他启发我们正要进入 21 世纪的人，将要和复杂的、冷冰冰的电脑打交道的现代人，要懂得多情善感，要懂得在复杂的、热乎乎的感情世界中徜徉，要懂得惜别"樱桃园"。

如此的光明，如此的柔情

1898 年 10 月 17 日，契诃夫给友人写信，最后一句是："月亮，大海很迷人，我就去投寄这封信。"

读到这里，我展开想象：契诃夫已经把信写完，站起身来眺望窗外，只见皓月当空，把大海照得分外迷人，于是产生了踏着月色去看海的念头，顺便也把刚刚写得的信札投寄出去。于是又坐下来添加了最后一句。

契诃夫对于大海的美好感受，是他到了雅尔塔之后累积起来的。1894 年 3 月 27 日，契诃夫一到这个海滨城市，便写信给妹妹说："大海真美。"

1897 年 10 月 1 日，在法国尼斯旅游的契诃夫给友人写信赞美大海说："大海温存，动人……坐在海边看海晒太阳真是大享受。"

1899 年 1 月 9 日，契诃夫从雅尔塔给莫斯科的妹妹写信说他的好心情："今天是个美妙的春日，暖洋洋的，大海风平浪静。"

1904 年 1 月 8 日，契诃夫已经病得很重，不久于人世，但他还是给正在尼斯度假的蒲宁写信说："请代我向可爱的、温暖的太阳问好，向宁静的大海问好。"

我们能从这样的问好声中，触摸到契诃夫那颗柔软的心。我们也就能附和索尔仁尼琴对于契诃夫的那声赞美："如此的光明，如此的柔情。"

一只大雁飞过去了

从 2015 年 7 月 9 日起，我要在一个精美的本子上写"随笔"，不少内容将围绕着契诃夫和契诃夫的"朋友圈"展开。

这个本子是商务印书馆的画家李杨桦送给我的。本子里那些精巧的诗意的幽默的小画，都出自她的手笔。

我认得她是因为她是我那本《可爱的契诃夫》的美编，她沉默寡言，在此前我好像就听她说过两句话，一句是直接听到的，一句是间接听到的。

《可爱的契诃夫》开新书发布会之前，我与出版社的编辑团队相聚过一回，杨桦走过来与我碰杯，轻轻地对我说："童老师，我喜欢契诃夫。"说罢就轻轻地走开了。

几天后我见到了也在商务印书馆工作的她的先生，先生对我说："我问杨桦，童道明是个什么样的人？ 她说，童道明就是'一双眼睛两条河'。"

天哪?! 亏她说得出这样有创意和诗意的话来！

《一双眼睛两条河》是我的一个剧本的剧名，还是我一本书的书名。杨桦想必是读过这个剧本或这本书的。但杨桦的这句也许是随口而出的隽语，却在我的头脑里继续发酵，让我给正在写作中的《契诃夫和克尼碧尔》补写了一个戏剧段落，给女主人公克尼碧尔补写了一句台词："如果有一个善于捕捉诗意的女人来问我，契诃夫是个什么样的人，我就回答说，他就是'一只大雁飞过去了'。"

契诃夫的头脑里常有"大雁"的意象出现，还有由"大雁"的意象引发的遐想。

1900 年 8 月 18 日，他给其时还是未婚妻的克尼碧尔写信说：

> 一只大雁飞过去了。
>
> 是的，我亲爱的女演员，我真想现在撒着欢儿地到原野上去奔跑，挨着森林，挨着小溪，挨着羊群奔跑。说来也可笑，我已经有两年没有见到青草，我的杜西雅，我好寂寞！

在这封信里，"一只大雁飞过去了"是独立成行的一句，是被特别强调出来的。

1891 年 7 月 29 日，他给老友苏沃林写信说："已经闻到秋天的气息。我爱俄罗斯的秋天。秋天里有某种特别忧郁的亲切的和美丽的感觉，真想和大雁一起飞到什么地方去。"

契诃夫常把激情化为抒情，我们可以从"真想和大雁一起飞到什么地方去"这句抒情独白中体验到契诃夫的内心的激动。

1901 年，他给已是他妻子、在《三姐妹》中扮演玛莎的克尼碧尔特地加写了一段台词："应该活着，应该活着……你们瞧，大雁正在我们头上飞呢。千百年来,每个春秋,它们就这样不停地飞着……"

契诃夫的小说《农民》中有一段读来让人怦然心动的文字:

> 大雁飞得很快很快,叫得很苦很苦,像是在呼唤着人们与它们一起飞翔。奥尔加站在悬崖边上,久久地凝望着流水,太阳,美得鲜亮的教堂,她的眼泪流出来了,她的呼吸也急促起来了,因为她非常想远走高飞,哪怕是去天涯海角。

在这里,大雁已经成了一个向更高更远的天际飞翔着的美丽生命的象征。

诺贝尔文学奖获得者索尔仁尼琴说:"契诃夫的形象——如此的光明,如此的柔情。"

一只大雁飞过去了——如此的光明,如此的柔情。

契诃夫的忧伤透着亮光

1958年开学后体检,我照胸透发现肺尖有异常,10月份住进了莫斯科大学的疗养院。我住的是单人间,整天开着收音机。那些日子正好是《日瓦戈医生》事件发酵的日子,收音机里广播的头号新闻就是报道社会各界如何声讨作家帕斯捷尔纳克的"罪行"。有的社会团体还向政府提出建议,索性把在西方世界得宠的帕斯捷尔纳克放逐到西方世界去。其时,作家的红颜知己伊文斯卡娅也受到了失业的威胁。在这种双重压力下,帕斯捷尔纳克服软,致函苏联最高行政当局,表示愿意拒领诺贝尔文学奖,但希望不要剥夺他女友的工作岗位,也不要把他放逐国外,因为"置身于祖国之外,对我来说等于死亡"。

《日瓦戈医生》这部小说我是很多年后才读到的,它给我的最大惊喜是让我知道这位诺贝尔文学奖获得者是深爱着契诃夫的。小说里的《日瓦戈札记》中有这样一句:"我喜欢普希金和契诃夫的俄罗斯式的质朴。"这对我有了启发,可以在普希金的作品中寻找契诃夫。我在普希金的诗作《格鲁吉亚的山冈上》(1829)发现了契诃夫——

> 格鲁吉亚的山冈上笼罩着黑夜
> 阿拉格维河水在我面前流淌
> 我的心里又是沉重又是轻松
> 我的忧伤透着亮光

"我的忧伤透着亮光"——多么美妙的诗句!再也没有比"透着亮光"的"忧伤"更富于诗意的了。而契诃夫的"忧伤"就是"透着亮光"的呀。人们喜欢契诃夫,也因为喜欢他的"透着亮光"的"忧伤"。

小说《在峡谷里》的第五章,写一对苦命的母女在一个板棚里互诉衷肠。忧伤弥漫在她们的心头,她们无法入睡——

"妈妈,你为什么把我嫁到这里来!"丽芭问。

"女儿,女人一定要嫁人的,这由不得我们来做主。"

接下去契诃夫写了一段抒情插话,将一道亮光输送进了忧伤之中——

无法舒缓的忧伤笼罩着她们的心田,但她们又感觉到有个什么人在高高的天空向下张望,那是一片蓝色的星空,她能看到在乌克列耶沃发生的一切,她守护着苍生,不管罪恶有多么深重,夜晚依旧宁静而美丽。在上帝的世界里,真理依旧存在,无论是在现在还是在将来,大地只是在等待着,这宁静而美丽将与真理融合在一起,就如同月光与黑夜融为一体。

于是她俩平静了下来,相互依偎在一起,睡着了。

Ⅲ　俄罗斯回声

鸟儿般的三驾马车

——俄罗斯的秉性

鸟儿般的三驾马车

2006 年 3 月，莫斯科小剧院的演员们在北京演出了奥斯特洛夫斯基的名剧《智者千虑，必有一失》。

《智》剧是一出没有正面人物的戏，为什么会是这样？拉克申院士在对这个问题做出解释时，借用了果戈理小说《死魂灵》（1842）里的一段话：

> 品德高尚的人终究没有被选来作为小说的主人公。不过，他之所以没有被选用的原因，倒是不妨奉告诸位的。那是因为终于到了该让可怜的品德高尚的人歇歇腿的时候了……终究该换换班，把坏蛋也套上车啦。就这样，让我们把一个坏蛋套上车牵上场吧！

这个"坏蛋"就是小说的主人公乞乞科夫,此人怀着发不义之财的心机,向地主收购"死魂灵",即已经死去但尚未注销户口的农奴。小说第一部的基本情节,就是乞乞科夫下乡寻访"死魂灵"的过程。在这个过程中,一个个或是愚蠢或是吝啬或是粗暴的地主老财的形象也被一一展示出来。

19 世纪的俄国一流作家,在审视和评价自己的祖国俄罗斯时,都有一种复杂的心绪。在他们心目中,俄罗斯既是贫穷的,也是富饶的;既是黑暗的,也是光明的;既是孱弱的,也是强大的。评论家杜勃罗留波夫有一篇代表作叫《黑暗王国里的一线光明》,他强调的也是黑暗与光明同在。

果戈理在《死魂灵》里,用了大量篇幅来揭露俄罗斯社会的黑暗和病痛,他在小说写到第一卷结尾的时候,笔锋一转,用抒情插话的笔调,将"一线光明"投射读者眼中,用飞奔着的"鸟儿般的三驾马车"来形象地比喻俄罗斯的美好未来:"哦,三驾马车! 鸟儿般的三驾马车,是谁发明了你的? ……俄罗斯,你不也就在飞驰,像一辆大胆的、谁也追赶不上的三驾马车一样? ……"

这段抒情插话,成了小说《死魂灵》的华彩乐章。俄国人后来还把"鸟儿般的三驾马车",看成是俄罗斯的诗意象征。

十月革命后,有些俄国的悲观主义者认为俄罗斯要完蛋了。但诗人勃洛克认为俄罗斯会永存,俄罗斯知识分子不必悲观失望,也不必惧怕革命。他写了一篇题为《知识分子和革命》的文章,其中就提到了果戈理的"鸟儿般的三驾马车"。

《死魂灵》也有鲁迅先生的译本。鲁迅是在晚年支撑着病体翻译这部小说的。小说第二部第三章的译文印出来时，先生已经不在人间，所以鲁迅夫人许广平感慨道："而书的出来，先生已不及亲自披览了。人生脆弱及不到纸，这值得伤恸……"

鲁迅由德文所译的《死魂灵》早被从俄文原文翻译的新的译本所取代。但鲁迅的有些译文也是很精彩的。比如，他的关于"鸟儿般的三驾马车"的一节译文是这样的：

地面在你底下扬尘，桥在怒吼。一切都留在你后面了，远远的留在你后面，被上帝的奇迹所震悚似的，吃惊的旁观者站了下来：这是出自云间的闪电吗？

走在前面——是耶稣基督

1917 年 11 月 7 日，十月革命一声炮响。硝烟未散，俄国诗人勃洛克于 1918 年初写成长诗《十二个》，这应该是俄罗斯文学的第一部红色篇章了吧。"十二个"的量词是指赤卫队员。在革命胜利后的彼得堡街头，赤卫队员巡逻都是以十二个人一队编组的。但到长诗最后出现耶稣的时候，我们感到"十二个"的量词，又和耶稣的十二门徒重合了。

勃洛克对自己的诗作十分满意，完成长诗之后他在日记上写道："我现在感到自己是个天才。"

长诗的确写得天才。开首的一句就不同凡响——"黑的

夜,白的雪"——多么强烈的色彩反差!结尾一段更是石破
天惊:

> 在前面一个刀枪不入的人,
>
> 被纷飞的暴风雪遮住,
>
> 踏着晶莹的雪花,
>
> 迈着轻柔的脚步,
>
> 戴着白玫瑰的花环,
>
> 把血红的旗帜挥舞,
>
> 走在前面——是耶稣基督。

让头戴花环的耶稣引领十二个肩背步枪的赤卫队员在"黑
的夜,白的雪"中前进,这样的诗意象征,大出革命群众的意料,
很有些人认为这个形象"不合时宜",据说,在当时的诗歌朗诵
会上,《十二个》的最后一句诗常常被篡改。有人念:走在前面
的是水兵;也有人吟:走在前面的是马克思……

但勃洛克有自己的想法。诗人选择耶稣当赤卫队员的领
路人,也费过一番心思的。1918 年 2 月 18 日,诗人在札记中
写道:

> 耶稣在他们前边,是毫无疑问的。问题不在于,他们
> 是否配和耶稣为伍。可怕的是,他耶稣要和他们在一起,
> 而且找不出第二个人。需要另一个人吗?

勃洛克选择耶稣与十二个赤卫队员同行，透露了诗人对于革命的理解。勃洛克欢迎革命，欢呼革命，但在欢迎和欢呼革命的同时，也对革命提出一个希望：希望革命更公正、更人道、更美好。他把这个心中的希望放到了真善美的化身——耶稣这个象征性形象上。

这不是勃洛克一个人的希望，这是几代俄国知识分子的希望，把人道主义道德理想与耶稣基督形象交融起来。这也是一个传统的俄罗斯思想。卢那察尔斯基可能是最早提示做这种解释的。他说："看来在这里起主导作用的，是诗人的童年记忆，这些记忆教导他把耶稣基督的宗教形象与非凡的道德高度、神圣纯洁的思想联系起来。"

这个用耶稣形象表达人道主义的思想，最早显现在普希金的诗歌中。普希金那首献给十二月党人达维多夫的诗作，就希望革命与耶稣同存：

难道希望之火已熄灭？

不！——我们还会享受幸福。

我们享用血与火的圣餐——

我还要说：愿耶稣复活。

这里的耶稣，就如别林斯基在《致果戈理的信》中说的——"最早给人类演讲了自由、平等、博爱的学说"。普希金希望十二月党人的革命事业能复活耶稣，也就是复活自由、平等、博爱的人类理想。

稍后，俄国诗人涅克拉索夫把革命民主主义者车尔尼雪夫斯基赞誉为革命的预言者。他在献给车尔尼雪夫斯基的那首题名《预言者》的诗里，再一次把耶稣作为革命精神的负载者加以讴歌：

悲愤之神差遣他来，
提醒世上的奴隶想起耶稣。

在俄国知识分子的心目中，革命者是可以和耶稣拉起手来的，革命应该把人民引向精神纯洁的新世界，革命在本质上是人道主义的。

勃洛克《十二个》中的暴风雪，以及在暴风雪中行进的耶稣的形象，在半个世纪之后，又出现在诗人叶甫图申科的保卫和平的长诗《妈妈与中子弹》(1982)中。

……于是所有的后天的报纸
有如勃洛克的暴风雪一样飞旋起来，
于是我妈妈轻轻地走到基督跟前，
把那件战斗的无神论者的皮夹克
披在了他空洞的躯体上……

《妈妈与中子弹》中最铿锵有力的诗句——"举起剑的人，

必将死于剑下!"好像是重复了耶稣说过的一句话:"动刀的人,
必死于刀下。"

这里出现的耶稣形象与《十二个》里的耶稣形象一样,是真
善美的形象,是与 19 世纪俄罗斯文学的人道主义精神一脉相
承的。

从丘特切夫的四句诗说开去

每一个专修俄罗斯文学的人,都知道 19 世纪诗人丘特切
夫的四句诗——

> 俄罗斯不能用理性揣想
>
> 俄罗斯不能用尺子丈量
>
> 俄罗斯有独特的秉性
>
> 对于她只能相信

研究俄罗斯事务的欧美人士也熟悉这四句,要是从克里姆
林宫传来的信息令他们迷惑不解,他们便两手一摊,说:"俄罗
斯不能用理性揣想。"为什么俄罗斯不能用理性揣想,因为她太
丰富了,丰富到复杂,丰富到矛盾。

诗人涅克拉索夫对俄罗斯的"矛盾"作了最鲜明的揭示,他
是这么形容"俄罗斯"的:

> 你是贫穷的
>
> 你是富饶的
>
> 你是懦弱的
>
> 你是威武的
>
> 俄罗斯母亲

电影《莫斯科不相信眼泪》曾风靡中国，但俄罗斯人也是相信和珍视眼泪的。屠格涅夫在小说《父与子》里写道："谁没有看到亲爱的人的动人的眼泪，就不能体念到人生的幸福。"而勃洛克的《俄罗斯》里有这样的诗句：

> 俄罗斯
>
> 贫穷的俄罗斯
>
> 你的灰色的农舍
>
> 你的微风一样的歌——
>
> 是我的爱的眼泪

再说爱情诗吧，19世纪俄国最好的爱情诗都是男诗人写出来的。

如普希金的——"我爱过你，爱情，也许，在我心中尚未完全熄灭。"

如莱蒙托夫的——"不是，我这样热爱着的并不是你……我是在你身上爱着我往昔的痛苦……"

普希金写的深情的爱，莱蒙托夫写的异样的爱，似乎有矛盾，但都精彩。

20 世纪俄国最好的爱情诗，不少是女诗人写出来的。我尤其欣赏这两首：一首是茨维塔耶娃写的——

我要从所有的大地、所有的天空夺回你，

因为森林是我的摇篮，坟墓是我的森林

……

我要从所有的时代、所有的黑夜夺回你，

从所有的金色的旗帜下、所有的宝剑下夺回你，

……

我要从所有的人那里——从那个女人手里夺回你，

你不会做别人的新郎，我不会做别人的妻子，

我要从上帝那里把你领走，

这是最后的一次争执——你不要出声！

……

另一首是图什诺娃写的——

幸福——这是什么？这是鸟：

一放走，就抓不到。

但把他关在笼子里，

也一样不好，

很难伺候他，知道吗？

我不会把他关起来，

我不会折断他的翅膀，

你要飞走？

你就飞吧……

你要知道，我们

将会怎样庆祝

我们的重逢！

　　这两首诗的诗意似乎也是有点"南辕北辙"的呀。茨维塔耶娃的诗眼是"夺回"——"我要从所有的大地、所有的天空夺回你"。图什诺娃的诗眼是"放飞"——"你要飞走？你就飞吧……"但为什么我既欣赏图什诺娃的爱情的"乐观主义"，而又不反感茨维塔耶娃的情感的"霸权主义"？因为我从茨维塔耶娃和图什诺娃的诗里，都捉摸到了某种爱情的"理想主义"。

　　但我更关注"俄罗斯有独特的秉性"。

　　我 1956 至 1960 年留学莫斯科。这期间最难忘的一天是 1957 年 10 月 4 日第一颗人造卫星升空的日子。消息传来，原来以为是"一盘散沙"的年轻人刹那间聚集到了一起，他们手挽手地在学生城串行，异口同声地喊着一个我以前从未听到过的口号："给我月亮！给我月亮！"他们不喊"万岁"，不喊"乌拉"，喊的是一句可以入诗的"给我月亮"！

　　于是我意识到，俄罗斯人就有化激情为抒情的独特秉性。

要知道,卫国战争期间,家喻户晓的诗歌除了《神圣战争》外,还有西蒙诺夫的《等着我吧,我会回来的》。

> 等着我吧,我会回来的。
>
> 但是要真正地等着……
>
> 等着我吧,当黄色的雨
>
> 撩起了惆怅,
>
> 等着我吧,当雪花飞扬,
>
> 等着我吧,当酷暑难熬,
>
> ……

要知道,朱可夫元帅说,他最喜欢的战争歌曲是:"夜莺啊夜莺,你不要唱,让战士们再睡一会儿吧……"

俄罗斯的战争歌曲多半是抒情歌曲,上世纪 50 年代的中国青年谈恋爱,嘴里哼唱的可能是俄罗斯的战歌:"我要沿着细长的小路,跟着我的爱人上战场。"

果戈理在《死魂灵》里揭露了那么多的社会黑暗,小说第一部的结尾处,却是一大段抒情插话:"哦,三驾马车!鸟儿般的三驾马车……俄罗斯,你不也就在飞驰,像一辆大胆地、谁也追赶不上的三驾马车一样?"

五个女兵很快就要与十六个武装到牙齿的德国兵发生遭遇战。在森林里飞奔的丽达停下脚步说:"这里的黎明静悄悄。"

末了，还想替丘特切夫说句话，这是个一度被误解、被归入所谓西方派的诗人，这可能也与他的长期寓居欧洲，而且还娶了外国妻子的经历有关。但他的"俄罗斯不能用理性揣想"的名诗，恰好证明他对俄罗斯有着深深的理解与爱。

普希金死后，有两首著名的挽诗。一首是莱蒙托夫的《诗人之死》，另一首就是丘特切夫的《1837 年 1 月 29 日》。该诗以两句俄罗斯之恋结尾——

> 俄罗斯的心不会忘记你，
>
> 就像不会忘记自己的初恋。

俄罗斯情调

中国人的所谓"俄罗斯情结"，最直观也是最情感化的体现，便是对那些可以当作抒情歌曲来吟唱的俄罗斯战争歌曲的迷恋。

当八路军战士在唱"大刀向鬼子们的头上砍去"时，红军战士在唱"夜莺啊夜莺，你不要唱，让战士们再睡一会儿吧"。20 世纪 50 年代的有革命浪漫主义情怀的青年恋人，漫步在"月上柳梢头"的公园小径，尽可以把俄罗斯的战地之歌《小路》当作互诉衷肠的情歌来唱："我要沿着这条细长的小路，跟着我的爱人上战场。"

激情转化为抒情，让激情更加绵长，而悲情转化为抒情，则表现出寄希望于未来的乐观主义。所以契诃夫坚决不承认他的饱含人生悲情的剧作是悲剧。

想想契诃夫的《万尼亚舅舅》。万尼亚舅舅痛感自己的青春生命白白耗蚀掉了,万尼亚舅舅哭了,他的侄女索尼娅便来安慰舅舅说:"我们将会听到天使的声音,我们将会看到镶着宝石的天空,我们会看到,所有这些人间的罪恶,所有我们的痛苦,都会淹没在充满全世界的慈爱之中,我们的生活会变得安宁、温柔,变得像轻吻一样的甜蜜……我的可怜的万尼亚舅舅,你在流泪……你不曾知道在自己的生活中有过欢乐,但你等一等,万尼亚舅舅,你等一等……我们要休息……"

这就是《万尼亚舅舅》的结尾。契诃夫把俄罗斯民族的化悲情为抒情的秉性,升华为一种被誉为"俄罗斯情调"的审美境界,让我们真正相信俄罗斯有独特的值得我们尊重与欣赏的秉性。

伸冤在我,我必报应

列夫·托尔斯泰小说《安娜·卡列尼娜》卷首有句题词:"伸冤在我,我必报应。"

编者作注曰:此句出自《圣经·罗马书》第十二章第十九节,全节为:"亲爱的兄弟,不要自己伸冤,宁可让步,听凭主怒,因为经上写着:主说,伸冤在我,我必报应。"

如何解读小说题词?

卢那察尔斯基1928年在纪念托尔斯泰诞辰一百周年前夕

写了篇题为《托尔斯泰与我们现代》的文章，说："托尔斯泰在小说《安娜·卡列尼娜》第一页上写道：'伸冤在我，我必报应。'这证明托尔斯泰是把安娜·卡列尼娜当作罪犯看待的，这正是全篇故事的宗旨。"

卢那察尔斯基可不是一般的评论家，他在苏维埃政权里主管意识形态，他的观点自然会有极大的影响力。

但在1935年有一位名叫艾兴巴乌姆的学者提出了不同的看法。他写了篇题名《托尔斯泰和叔本华》的文章。他指出托尔斯泰写作《安娜·卡列尼娜》时正对叔本华的思想发生兴趣，因此他认为与其说"伸冤在我，我必报应"的小说题词来自《圣经》，毋宁说来自叔本华的论著《作为意志和表象的世界》。这部问世于1819年的叔本华代表作中有这样一段话：

> 任何人都不能以纯粹的道德法官自居，去惩罚别人的过失……这将是极端的盲目自信，所以圣经有云：伸冤在我，我必报应。

这是说一切都取决于"我"。这个"我"要么是至高的"上帝"，要么是当事人安娜·卡列尼娜，而其他的"任何人都不能以纯粹的道德法官自居"，来谴责安娜·卡列尼娜。

在小说里是有一个对安娜·卡列尼娜进行了严词谴责的人，这人就是渥沦斯基的母亲渥沦斯基伯爵夫人。小说第八部第四章里有这样一个情节，正当这位伯爵夫人在大肆攻击安娜·卡列尼娜的时候，一个叫谢尔盖·伊凡诺维奇的小说人物回答说："评判这事的不是我们，伯爵夫人。"谢尔盖·伊凡诺维奇也许说出了托尔斯泰本人的意见。

现在的俄国学者又是怎样思考这个问题的？我读到的最新一部俄国文学史，是库列晓夫教授于 1989 年出版的。他在书里这样说："任何人无权因为安娜·卡列尼娜的爱而向她投掷石块，甚至道丽也不认为她的行为是有罪的。安娜自己给自己下了判决。"

库列晓夫教授在 1989 年用自己的语言重复了艾兴巴乌姆教授在 1933 年发表的观点。顺便说一句，库列晓夫可不是一般的教授，我 1958 年就在莫斯科大学听过他讲 19 世纪俄国文学。

库列晓夫的"安娜自己给自己作下了判决"，是指安娜在奋不顾身的爱情走进死胡同之后的自我了断——卧轨自杀。有一位朋友在重读《安娜·卡列尼娜》之后向我赞叹托翁描写安娜之死的感人力量，小说第七部第三十一章的全部内容就是写安娜之死。托尔斯泰写她的卧轨像是"准备入浴"，在死神面前，竟然呈现出生命的"全部辉煌的欢乐"。但这些动人心弦的篇章也不是一蹴而就的，一位很受作者器重的读者在读完小说初稿后提了建议：应该在描写安娜之死时表现出对于她的更大同情。于是托尔斯泰又让一缕蕴含救赎意味的烛光在这段华彩乐章中摇曳开来："那支蜡烛，她曾借着它的烛光浏览过充满了苦难、虚伪、悲哀和罪恶的书籍，比以往更加明亮地闪烁起来,为她照亮了以前笼罩在黑暗中的一切,摇曳起来,开始昏暗下去,永远熄灭了。"

权衡一切,容纳一切

20 世纪 60 年代初离开莫斯科大学时,我的俄国同学萨沙送我一本精装的《叶甫盖尼·奥涅金》,他在书的扉页上写了行字:"赠童道明,这是一本最好的俄文书!"

俄罗斯知识界似乎有个共识:普希金是最好的俄国诗人,《叶甫盖尼·奥涅金》是普希金最好的诗作,而达吉雅娜最后拒绝奥涅金求爱的独白,是这部诗体小说中最出色的段落。

达吉雅娜的独白很长,最后那几句我们耳熟能详——"我爱你,可是我嫁给了别人,我将一生对他忠诚。"别林斯基对达吉雅娜的这个表白非常不满意,他在那篇评论《叶甫盖尼·奥涅金》的长文中对此作了严厉批评:"永久的忠诚——忠诚于谁,忠诚些什么? 忠诚的是这样一种关系,这种关系形成对感情以及妇女贞洁的亵渎,因为有几种没有得到爱情的照耀的关系,是非常不道德的。"与别林斯基的观点相反,陀思妥耶夫斯基特别赞赏达吉雅娜的"名花有主"的自我封闭。他在 1880 年 6 月 8 日发表的著名演说中,在引证了她的"可是我嫁给了别人,我将一生对他忠诚"的道德选择之后,对达吉雅娜赞美道:"她说出了一个俄罗斯妇女应该说的话,她值得赞美之处正在于此。……如果幸福是建筑在让别人遭受痛苦的基础上,那还有什么幸福可言?"

别林斯基是我们尊敬的大批评家,陀思妥耶夫斯基是我们尊敬的大作家,现在他们两人的意见发生尖锐分歧了,我们该听准的? 答案只能是:如果觉得他们的意见都有道理,那么我们不妨都认真听取。兼听则明、偏听则暗的道理在文学研究上也说得通的。俗话说,神仙打仗,凡人遭殃。其实不然,文坛的神仙们意见分歧,众说纷纭,反倒给了我们凡人更多的自由选择的权利和独立思考的可能。重要的是在我们的心里不要树立绝对权威。

别林斯基写的火气最大的一篇文章,是 1847 年 7 月 15 日写的《给果戈理的一封信》,这封信把 1841 年 1 月问世的果戈理的《与友人书简选》批得体无完肤,轻蔑地称果戈理是"愚昧和极端反动的拥护者",还大胆预言"这本书……不久就会被人忘掉"。面对别林斯基的火力极猛的大批判,果戈理给这位大批评家写了两封回信。果戈理在写给别林斯基的第一封信中非常自信地说:"我想人们将会宽宏大量地谅解我的,因为这本书种下的是全面和解的胚胎而不是纷争的种子。"在另一封信中果戈理不卑不亢地向别林斯基进言道:"未来的世纪是个理智的世纪,它会平心静气地权衡一切,容纳一切,舍此就无法感知事物的合理中庸……在这个未来的世纪面前你我都不过是婴孩。"

别林斯基是个预言家,他在 1835 年写的《论俄国中篇小说和果戈理的中篇小说》里,正确地预言果戈理将继普希金之后成为俄国的"文坛盟主"。三十年后陀思妥耶夫斯基不就坦然承认,他们"都是从果戈理的外套里走出来的"吗?但这次他的预言落空了。果戈理的《与友人书简选》没有像他预言的那样"被人忘掉"。托尔斯泰 1909 年重读了《与友人书简选》,还对它多有好评。今天的不少俄罗斯人更因为果戈理在这本书里种下了"全面和解的种子"而赞美它。但我们也没有必要因为这一次别林斯基的批评的错位和预言的落空而全面否定《给果戈理的一封信》。别林斯基这封激情洋溢的信虽然不能让新世纪的读者相信写《与友人书简选》的果戈理是"愚昧和极端反动的拥护者",但却能向新时代的人们证明他别林斯基的确是"俄国社会民主主义的先驱"。从这个意义上说,列宁关于它是"一篇没有经过审查的民主出版界的优秀作品"的说法也并没有过时。我的这个见解大概也契合果戈理主张的"平心静气地权衡一切,容纳一切……感知事物的合理中庸"的为人之道和为文之道吧。果戈理说"未来的世纪是个理智的世纪",我们还可补充一句:未来的世纪是个更加宽容的世纪。

献给我的母亲

除了 1941 年至 1945 年的反法西斯战争,俄罗斯还经历过一场"卫国战争"——1812 年抗击拿破仑入侵的战争。19 世纪的俄国作家,如普希金、列夫·托尔斯泰,都写过这场战争,但写法不大一样。

普希金在《叶甫盖尼·奥涅金》里用铿锵的诗句概括了战争的结局："梦想最后胜利的拿破仑，/徒劳地期望莫斯科屈膝，/献出克里姆林宫那把，/古色古香的钥匙；/不，我的莫斯科不肯朝他/低下屈服的头颅/它没有献礼，没有恭贺，/它为这位骄躁的屠夫，/准备了一场熊熊大火。"

列夫·托尔斯泰在《战争与和平》里也写到那场把拿破仑军队驱进失败深渊的莫斯科的熊熊大火。但他也写了奥斯特里齐的宁静天空，安德烈公爵负伤之后，躺在战地，仰望天空，突然顿悟："我怎么先前没有见到这个崇高的天空呢？"于是他对生命有了新的感悟，对战争也有了新的认识。在波罗金诺战役之前，安德烈公爵把对于战争的新的认识说给了彼耶尔听："战争的目的是杀人……所有的皇帝，除了中国皇帝，都穿军服。"而在这之前，托尔斯泰已经在小说里写下了这样一句作者插话："于是，战争开始了，即发生了违反人类理智和人类本性的事件。"

因此，托尔斯泰特别关注因为天性善良，所以在战争的炼狱中反而焕发人性光彩的好人，如彼耶尔。娜塔莎最后当着玛丽公爵小姐的面夸耀她的意中人说："他不知怎么变得非常清洁、光亮和新鲜了，好像刚刚从俄罗斯浴室里出来。你明白吗？从一间道德的浴室里出来。"

托尔斯泰的《战争与和平》可以代表俄罗斯战争文学的一个传统——描写战争的同时，对战争进行道德审判，让庄严与抒情交相辉映，让爱国主义和人道主义息息相通。

20 世纪俄罗斯的反法西斯战争文艺，也是从这个富有人情味的传统里生发出来的。包括我们都熟悉的苏联卫国战争歌曲。这些爱国主义的"战歌"将人性抒情到什么程度，即便是在"化剑为耕犁"的和平时期，"人约黄昏后"的恋爱辰光，情哥情妹也能偎依着哼唱"我要沿着那细长的小路，跟着我的爱人上战场"，"夜莺啊夜莺，你不要唱，让战士们再睡一会儿吧"。

认识这一点，我也有个过程。

1955 年我进北京俄语学院念书，领到一本俄汉对照的《俄苏诗选》，其中有西蒙诺夫的《等着我吧》——

> 等着我吧，我会回来的，
> 但是要真正地等着……

从语言的角度，它明白如话，非常好懂，但还是奇怪，为什么这么一首几乎没有硝烟味的抒情诗，竟然是苏联二战诗歌的经典之作。后来学了 19 世纪文学，懂得了俄罗斯文学的人道主义传统，也就懂得了这一切。

卫国战争中有两类可歌可泣的人群。一类是在前方浴血战斗的男人，一类是在后方"真正等待"前方浴血战斗的男人的女人。西蒙诺夫的《等着我吧》歌颂的就是这样的俄罗斯妇女——

> 只有你和我知道

我是怎样活过来的——

就是因为你比其他任何人，

更善于等待。

我读罗辛的《军用列车》，不免要想到西蒙诺夫的《等着我吧》。特别是读到战胜了自我封闭之后的卡佳对她的儿子这样说："……是因为我很爱他，爱你的爸爸……有一天你也会懂得，爱情是怎么回事……爱情中最最可怕的，是分离和渺无音讯，不过，不要紧，不要紧，我们要等待着，我们要活着……"

"要等待着，要活着"——这就是《军用列车》的乐观主义基调。那还不是一般的"等待"，而是要"真正地、苦苦地等待"；那还不是一般的"活着"，而是要像一个人那样自豪地、和谐地活着。这就是战士的妻子们的功勋，这就是《军用列车》的人道主义闪光。

正义的神圣战争是要讴歌的，但对"战争"照样要作道德的审判。罗辛让伊娃在那个哑巴旁边说了一句带有哲理的对于战争的判词——"在自然界进行自然选择的时候，死去的是孱弱的；而在人类社会，当战争一爆发，死去的却是最健壮的。"

然而剧本里更多的是对于人性的赞美。我们面对的就是一群在残酷的战争年代保持了人性的光辉，在道德的搏斗中打了胜仗的女人。所以罗辛让伊娃给哑巴洗澡，所以罗辛让桑尼娅作最甜蜜的初恋的回忆，所以罗辛让"军用列车"里的领头人加林娜说"所有的孩子就像我自己的孩子一样，我们所有的人就像自己的姐妹",所以罗辛希望排演此剧的剧院要尽可能多地把孩子安排在舞台上……

让孩子出现在《军用列车》的舞台上,绝不仅仅是为了活跃舞台气氛,而是为了表达一个非常动人的生活哲理。请看这一段对白——

拉弗拉:主啊,人能够忍受多少苦难……

费奥多尔:人能够忍受许多,非常多。

加林娜:尤其是当他知道为什么而忍受的时候……好像,是在托尔斯泰的哪本书里说的:假如在艰苦的旅途中想忘却自己——那就带上孩子……

费奥多尔:(对加林娜)噢,说得多么正确! 带上孩子! 为了想着他,而不是想着自己……儿童——这是未来? 就是说,你们是在拯救未来,啊?

读这几段台词,我有特别的感受。我是 1937 年生人,我出生的那年,母亲带着襁褓里的我坐船逃难。但同船的有些大人并没有把我看成"未来",他们把不时啼哭的我看成累赘。有一个夜晚,船要经过一座日本兵看守的大桥。几个大人放出话来,如果船开到桥下我仍然啼哭,那就把我掐死在襁褓里。"道明没有哭,道明真乖",母亲后来给我讲了那次历险。我知道不是"道明真乖",而是因为"母亲真爱"。现在也明白了,罗辛在创作《军用列车》时为什么要说,"战争的最大目的,也许就是要把人置身在这样一种生存环境中,在那种生存环境里,人身上的卑下要战胜崇高,恐惧、绝望、冷漠要压倒善良、理想和同情"。而母亲身上的崇高、善良、理想和同情,即便是战争也扼杀不了的,所以罗辛要写这些"最最普通的柔弱的妇女",这些"当时看来是活不了,挺不住,却又终于活下来并挺住了的人们"。我终于明白,为什么罗辛要在这个剧本的扉页上写上一行很容易被读者忽略但也是最不应该忽略的字——"献给我的母亲"。

善与恶，灵与肉

——俄罗斯道德的华章

窗台上的桃核

在 19 世纪俄国文坛前贤中，列夫·托尔斯泰特别佩服赫尔岑。

托尔斯泰讲究道德完善，在他的心目中，赫尔岑是达到了道德完善的境界的。有一回，托尔斯泰大发感叹道"应该写写他（赫尔岑）；好让现代人能理理解他。我们的知识分子已经道德堕落到无法理解他的地步"。

在 19 世纪俄国作家群落中，巴金尤其仰慕赫尔岑。

巴金崇尚说真话。在他的心目中，赫然岑最善于把自己的爱憎与血泪，"通过纸笔化成一行、一段的文字"。

在托尔斯泰与巴金注目赫尔岑的视线交会处，我们仿佛看到一行字：说真话的人是讲道德的人。

赫尔岑在《往事与随想》第六卷第九章里就有把说真话与讲道德联系起来的"随想"：了解真相，这就是出路，摆脱虚假，这就是道德教训。

然而说真话与说真话也不尽相同。中学生说真话、"摆脱虚假"，考试不作弊就是了；小商人说真话、"摆脱虚假"，买卖不掺假就是了。

作家是社会的喉舌，他说真话、"摆脱虚假"，就要把社会的真实勇敢地、艺术地告诉给读者、告诉给世界。常人说真话，需要一点一划的平直；作家说真话，需要入木三分的深刻。

赫尔岑是怎样入木三分地揭露沙俄社会的黑暗的呢？请看《往事与随想》第一卷第十七章描述沙皇皇位继承人在维亚特卡城受到热烈"招待"的情形：

> 晚上在贵族俱乐部举行舞会。乐师是特地从一家工厂请来的，他们来的时候已经喝得大醉了；省长下令在舞会开始以前把他们整整关二十四小时，从警察局直接押送到乐队席的敞廊上，而且一直到舞会结束不许放任何人离开。

> 这个舞会就像一般为了什么特殊的重大事情在小城里举行的舞会那样，既愚蠢，又不舒服，极端寒伧而又俗气十足。警官们到处跑来跑去，穿制服的小官吏挤在墙边，太太小姐团团围住皇位继承人就像未开化的人围住旅行家那样……在一个小城里展览会以后还举行了一个"招待

会"。皇位继承人只吃了一只桃子,他把桃核扔在窗台上。官吏当中有一个喝饱了酒的高个子走了出来,这是某陪审官,一个出名的酒鬼,他缓步走到窗前拿起桃核,放进衣袋里去。

在舞会或者"招待会"之后,陪审官走到一位有势力的太太面前,把殿下咬过的桃核送给她;太太高兴极了。然后他又到另一位太太那里,又到第三位太太那里——她们都十分欢喜。

陪审官买了五个桃子,取出了桃核,使得六位太太非常满意,哪一位太太拿到的桃核是真的? 每一位都以为她那颗桃核是皇位继承人留下来的。

善之花

茨维塔耶娃说:"童年时知道了的,一辈子都会知道。"

童年时我知道母亲是个善良的人。所以我一辈子都知道要喜欢善良的人,要做个像母亲一样善良的人,就像冰心在《南归》中说的"以母亲之心为心"。

茨维塔耶娃在童年知道了什么? 她知道普希金最爱他的奶妈。她在普希金的《致奶妈》中看到了诗人"对另外的女人没有说过的柔情细语"。

试译《致奶妈》——

我严峻岁月的女友

我亲爱的老妪！

你一人在松林深处，

久久地，久久地等候着我。

你怅怅地坐在窗前，

像是在为我守夜，

你长满皱纹的手里，

编针的爬动时而变得滞缓。

......

"你长满皱纹的手里，编针的爬动时而变得滞缓。"普希金是怀着何等的柔情在奶妈的老态中找到了可亲可爱的人情与人性！利哈乔夫院士就是根据这首诗得出结论说："普希金的诗魂是善良的。"

另一位老年妇女的著名歌手是法国诗人波德莱尔。他的《恶之花》里就有一首题名《小老太婆》的诗。试录两段郭宏安的译诗——

当我瞥见一个衰弱的幽灵，

穿过巴黎这熙熙攘攘的画面，

我总觉得这一个脆弱的生命，

正悄悄地走向一个新的摇篮。

只要看见这些不协调的肢体，

我就不禁要把几何学想一想，

木工要多少次改变棺材的形制，

才能正好把这些躯体来安放。

波德莱尔也是怀着怜悯与同情来写这些老妇的。但在他的善的意念里藏不住"恶"的习惯性冲动。他能从"这些不协调的肢体"一下子联想到用什么样的棺材"才能正好把这些躯体安放"。普希金绝对不会有这样的联想，因此也绝不会有这样的诗句。

如果正如郭宏安所说，波德莱尔的诗是"绽开在地狱边缘的恶之花"，那么普希金的诗是开放在天上人间的"善之花"。

良心问题

昨天（1996 年 1 月 21 日）看鞍山话剧团来京演出的《鼓王》。鼓王有句台词很精彩："那祖上的良心怎么就没传下来呢？"久违了，良心问题！

1918 年 3 月 17 日，高尔基在一篇文章里就提出过这个"良心问题"。他长叹一声说："在我们这个噩梦一般的日子里，良心没有了。"

两天之后，有个叫纳杰日金的人出来质问高尔基说："请问在农奴制时代的俄罗斯有过良心吗？"

又是两天之后，也就是 1918 年 3 月 21 日，高尔基对纳杰日金的质问做出庄严回答：

> 是的，在那个可诅咒的时代，在人压迫人的权利扩张开来的同时，良心的光焰也曾照亮过俄罗斯生活的黑暗。纳杰日金大概也记得拉季舍夫和普希金的名字，赫尔岑和车尔尼雪夫斯基、别林斯基、涅克拉索夫等三大群卓越的俄罗斯人的名字，这些人物创造了独树一帜的俄罗斯文学。这个文学之所以独树一帜是因为它是完全地诉诸良心问题，诉诸社会公正的文学，而且正是这个文学激扬了我们民主知识界的革命热忱，俄罗斯工人阶级社会理想的形成也要归功于这个文学的影响。

从普希金强劲地开始的俄罗斯文学诉诸"良心问题"，从而强化了俄罗斯文学的道德精神。

陀思妥耶夫斯基 1880 年 6 月 8 日在普希金纪念碑揭幕典礼上的著名演说，从普希金的道德精神说到俄罗斯人应该具有的道德精神。他的演说中有一句掷地有声的话语："要成为真正的俄罗斯人，成为完全的俄罗斯人也许意味着（归根到底，请注意这一点）只有成为所有人的兄弟，如果你愿意的话，也就是属于全人类的人。"

19 世纪俄罗斯文学已经获得的全人类价值，正是因为它确如高尔基所说，具有"完全地诉诸良心问题"的无与伦比的道德精神。

在陀思妥耶夫斯基的普希金纪念演说一个世纪之后，当俄罗斯文学的道德精神出现危机的时候，利哈乔夫院士作了题为《良心的警钟》的长篇谈话。他说："文学乃是社会的良心，社会的灵魂……良心的警钟帮助人们不要破坏道德规范，保持一个道德健全的人的尊严。""完全诉诸良心问题"的19世纪俄罗斯文学，响彻着"良心的警钟"。

流泪的高尔基

读到一篇回忆高尔基的文章。作者记述他四次见到高尔基流泪的情景。

一次是得到了契诃夫去世的消息之后。那天还有人放烟火。高尔基出来劝阻他们说"别放了，契诃夫去世了"。声音颤抖，近乎哀求。

一次是在放电影的时候。银幕上一个小孩在铁轨上睡着了，一列火车正隆隆驶来，一只小狗冒死迎着火车跑去。高尔基为这只忠勇的小狗流泪。

一次在斯莫尔尼宫的群众集会上。大会结束，全体起立高唱《国际歌》，高尔基热泪盈眶。

一次在彼得格勒火车站。高尔基准备坐火车出国。站长说火车司机和司炉工想见他。高尔基欣然同意："那太荣幸了，那太荣幸了！"高尔基握着火车司机的粗手，哭了。

流泪是因为赤诚。我喜欢流泪的高尔基。

1896 年 12 月 25 日晚上 9 时,列夫·托尔斯泰在日记本上写下这样两句:"手心冰凉,真想哭,真想爱。"

流泪是因为想爱。我喜欢流泪的托尔斯泰。

陀思妥耶夫斯基小说《白痴》第四部第七章,写到梅什金公爵参加一个上流社会的聚会。不慎碰倒了一只漂亮的中国花瓶之后,显贵们都瞧着他笑,而且笑声越来越大。独有在笑声包围中的"梅什金公爵热泪盈眶"。

就在这一章里,这个流泪的公爵对那些曾经高声大笑的贵族说了这样的话:"我不明白,怎么能走过树木却不因看到它而感到幸福?怎么能跟人说话却不因有他而感到幸福?哦,我只是不善于表达出来……美好的事物比比皆是,甚至最辨认不清的人也能发现它们是美好的!请看看孩子,请看看天上的彩霞,请看看青草长得多好,请看看望着您和爱您的眼睛……"

流泪是因为纯真。我喜欢流泪的梅什金公爵。

人的灵魂深渊

在不少人眼里,陀思妥耶夫斯基与尼采并肩而立。

俄国哲学家列夫·舍斯托夫问世于 1903 年的《悲剧的哲学》,其副标题就是"陀思妥耶夫斯基与尼采",舍斯托夫大胆断言:"可以毫无疑问地肯定,如果不是感到背后有陀思妥耶夫斯基的支持,这位德国哲学家(即尼采)在《道德的谱系》中无论如何也不可能叙述得如此大胆和直率。"

另一位俄国哲学家尼古拉·别尔嘉耶夫在他的代表作《俄罗斯思想》中,则是这样来把陀思妥耶夫斯基和尼采相提并论的:

> 19 世纪俄罗斯宗教思想和宗教探索的重要人物主要不是哲学家,而是小说家——陀思妥耶夫斯基和托尔斯泰。陀思妥耶夫斯基是一个伟大的俄罗斯形而上学者,更准确地说,是一个人类学家。他完成了关于人的伟大发现,以他为开端开始了人的内心史的新纪元。在他之后人已经不是在他以前那种样子了。只有尼采和克尔凯郭尔能够与陀思妥耶夫斯基一起分享这个新纪元的奠基者的荣耀。

英国学者理查兹 1927 年做了一篇题为《陀思妥耶夫斯基的上帝》的文章。他借小说《群魔》的人物斯塔夫罗金的故事来暗示陀思妥耶夫斯基与尼采的联系:"既然上帝不存在,他斯塔夫罗金必须把上帝的职能担当起来。他必须惩罚自己以便求得宽恕,最后他也杀死了自己,不过他的自杀本身不是为了给别人指路,也不是为了宣告人与上帝一体的实现。"

其实,更能说明陀思妥耶夫斯基与尼采联系的人物是《群魔》里的基里洛夫。请听基里洛夫是如何发表他关于"人与上帝"以及人的"自我意志"的看法的:

生活就是痛苦,生活就是恐惧,所以人是不幸的。如今一切全是痛苦和恐惧。如今人们之所以热爱生活,是因为他们喜欢痛苦和恐惧……谁能战胜痛苦和恐惧,他自己就能成为上帝……上帝就是对死亡的恐惧所产生的疼痛。谁能战胜疼痛和恐惧,他自己就会成为上帝。(第一部第三章)

假若没有上帝,那么我就是上帝。……要是上帝存在,那么一切意志都是他的意志,我也不能违背他的意志。要是他并不存在,那么一切意志都是我的意志,我也必须表达自己的意志。(第三部第六章)

怎样表达"自己的意志"呢?彼得·韦尔霍夫斯基建议说:"我要是处在您的地位,为了表明自己的意志,我会杀死另一个人。"但基里洛夫不同意这个观点,他回答说:"杀死另一个人,这是我自己的意志的最低点……我追求的是最高点,所以我要自杀。"

基里洛夫关于"假如没有上帝"该如何如何的想法,与伊凡·卡拉马佐夫(《卡拉马佐夫兄弟》)的想法显然有差别。伊凡·卡拉马佐夫的想法是"假如没有上帝,那么什么都容许"。当然也包括"容许"杀人。而基里洛夫把杀人视为"自己的意志"的最低点,他选择的是"自己的意志"的最高点——自杀。

但无论是杀人还是自杀,都是对和谐的破坏。用这样破坏和谐、扼杀生命的"自己的意志"来战胜"疼痛与恐惧",依旧是信仰危机带来的精神危机的结果,这是陀思妥耶夫斯基像尼采一样表现出的哲学思想家的尖锐的洞察力。

然而,陀思妥耶夫斯基主要不是哲学家,而是文学家、艺术家。因此,别尔嘉耶夫关于陀思妥耶夫斯基"完成了关于人的伟大发现,以他为开端开始了人的内心史的新纪元"的说法,最好移用到文学艺术的领域来理解。巴赫金在他那部著名的《陀思妥耶夫斯基诗学诸问题》中,也指出了陀思妥耶夫斯基创造了艺术地把握世界的新形式,"因此他得以揭示和发现人和人生的新的侧面"。这个"新的侧面"就是人的空前的复杂性。这就像德米特里·卡拉马佐夫在那段"热心的忏悔"中所说的那样,人可以"从圣母玛利亚的理想开始,而以所多玛城的理想告终","这里,魔鬼同上帝进行搏斗,而搏斗的战场就是人心"。

当魔鬼和上帝、卑下的冲动和高尚的情操在陀思妥耶夫斯基小说人物的心田展开搏斗的时候,人类行为的善与恶的两极对于他们具有同等强度的吸引力。人的向善的本性(即"圣母玛利亚的理想")与恶的冲动(即"所多玛城的理想")永远此长彼消,或此消彼长地左右着人的心灵。这也是人心的"复调"结构。而且"恶"在人的"内心史"中也不总是起消极作用,因为与"恶"有机联系着像痛苦与悔悟这样的心理过程,为"善"的升华提供了新的动力与契机。

陀思妥耶夫斯基是俄国 19 世纪文学中最早出现的一个无法用 19 世纪文学理论加以解释的作家。具体地说,用传统的"典型性格"的理论就无法完全说明陀思妥耶夫斯基的小说人物。当鲁迅先生指出陀思妥耶夫斯基可以在他的人物的罪恶的灵魂里拷问出洁白来的时候,实际上也就指出了他的不同凡响的深刻性与现代性。

灵魂是怎样战胜了肉体

上世纪五六十年代,很多中国人读过奥斯特洛夫斯基的自传体小说《钢铁是怎样炼成的》,而且对保尔那句名言印象深刻:

> 人最宝贵的是生命。生命属于每个人只有一次。人的一生应该这样度过:当他回首往事时,不会因虚度年华而悔恨,也不会因碌碌无为而愧疚。这样,在临死的时候,他就能够说:我已把自己的整个生命和全部精力,都献给了世界上最壮丽的事业——为人类的解放而奋斗。

我看过王晓鹰和罗大军导演的《保尔·柯察金》。这个戏将重病缠身的保尔战胜轻生念头的过程,当作一个重要的戏剧段落,这是很有见地的。在获得了这个思想斗争的胜利之后,保尔就能说:"就是到了生活已经无法忍受时,也要善于生活下去,使生命变得有益于人民。"我觉得这也是一句有励志意义的保尔名言。

小说在 1935 年出版后,感动了无数的读者。高尔基读过

165

后也发出了一声赞叹："你看,灵魂是怎样战胜了肉体呀!"

1936 年 12 月 22 日,刚刚活到三十二岁的奥斯特洛夫斯基病逝于莫斯科。50 年代末我曾去瞻仰过他的面积不大的故居。

人和他的道德世界

"恶"从何而来? 对于这个问题,在评论家别林斯基与作家托尔斯泰之间,存有歧见。

别林斯基认为恶的源泉在社会,他说:"恶不在人而在社会。"那么,只需把社会加以改造,"恶"也将不复存在。

对于托尔斯泰来说,"恶"与"善"一样,都是与生俱来的人之天性。因此托尔斯泰认为"关于恶的起源问题,如同关于世界的起源问题一样的不可思议"。

为什么不可思议呢? 因为"恶"的产生往往是不以人的意志为转移的。比如,聂赫留道夫主观上并没有想对玛斯洛娃作恶,但还是作了恶。《复活》第一部第十六章、第十七章,实际上就是写了人的不可思议的"恶"。托尔斯泰在写聂赫留道夫对于玛斯洛娃的"始乱终弃"的最初时刻,一再强调了人的兽性的情欲的原罪本质。

在他身上活着的兽性的人,现在不但已经抬起头来,而且把他第一次做客期间;以至今天早晨在教堂里的时候还在他身上活着的那个精神的人踩在脚下,那个可怕的兽性的人如今独自霸占了他的灵魂……可怕的和无法抑制的兽性感情已经把他抓住了。

他站在那儿，瞧着卡秋莎的心事重重的、由于内心斗争而苦恼的脸，他不由得怜惜她，然而，说来奇怪，这种怜惜反而加强了他对她的欲念。

这种欲念已经完全控制住他。

于是有了那个"可怕的夜"。

然而，按托尔斯泰的说法，"整个人生乃是肉欲与精神的搏斗，乃是精神对于肉欲的逐渐战胜"。

聂赫留道夫的"原罪"式的罪孽刚刚犯下，精神的复苏就开始了——

等到她周身发抖，一声不响，也不答理他说的话，从他那儿走掉了，他就走出去，来到门廊上。站住不动，极力思索刚才发生的这件事的意义。

外边亮得多了。下边，河面上，冰块的崩裂声、磕碰声、喘息声越发响起来，而且在原有的各种响声之外，还添上了流水的潺潺声。大雾开始往下降，下弦月从雾幕后面升起来，朦胧地照着一个乌黑而可怕的什么东西。

托尔斯泰用"冰块的崩裂声"等自然界的表现生命流动的声响，用雾幕后面的下弦月的朦胧的光照，来艺术地暗示聂赫留道夫在心灵深处展开的善与恶的冲突。

到了第二天,这种冲突仍旧继续着——

> 聂赫留道夫在姑姑们家里度过的最后一天当中,前一天夜里的事在他的记忆里还很新鲜,因而有两种心情在他的灵魂里游荡着,相持不下:一种是兽性的爱情所留下的烈火般的、色情的回忆。虽然这种爱情远不及它所应有的那样美满,不过他总算达到了目的,多少得到了一点满足;另一种是他体会到他自己做了一件很坏的事,这件坏事必须弥补一下才行,然而<u>这种弥补却不是为她,而是为自己</u>。

(画线部分为引者所加)

从此,聂赫留道夫成了典型的"忏悔的贵族"。但他忏悔、他赎罪,"是为自己"。

怎么才能真正地忏悔、赎罪、自救呢? 告别自己的生活圈子,过另一种生活。聂赫留道夫后来跟着玛斯洛娃走了三个月的西伯利亚流放之路。玛斯洛娃不肯接受他的悔悟,"这使得他又伤心又羞惭",但三个月的与流放犯人共处的日子,使得聂赫留道夫明白了一个道理:"社会和一般秩序之所以存在,并不是因为有那些合法的罪犯在审判和惩罚别人,却是因为尽管有这种腐败的现象,然而人们仍旧在相怜相爱。"

但聂赫留道夫毕竟只是暂时地告别了自己的生活圈子。下决心永远告别自己生活环境的"忏悔贵族",是托尔斯泰剧本

《活尸》里的主人公普洛塔索夫。他的一句台词把他的"永恒痛苦"剖白得十分透彻——

　　所有生活在我们这个社会圈子里的人。面临着三个选择：当官、发财、增加你置身于的这个丑恶社会的丑恶。我讨厌这个，可能是不会这样做，但主要是讨厌这样做。第二，破坏这个丑恶，要做到这个，需要是个英雄，而我不是英雄。还有第三个选择：逃避——喝酒，玩耍，唱歌。我就这样行事。现在我嗓子都喝哑了。

最后普洛塔索夫决定以假自杀的方式逃离他的生活圈子。先是有看破生活的丑恶的悔悟，然后再从这个丑恶的生活圈子里逃离出去。这是托尔斯泰心目中的一种值得赞许的道德抉择。

托尔斯泰作品中的这些"忏悔""出走""自救""复活"的题旨，最后被托尔斯泰本人于 1910 年 10 月 28 日的离家出走照耀得分外明亮。

托尔斯泰的离家出走不是一时的冲动。当他在 19 世纪 80年代对闲散的贵族生活表现出极大的反感，以至于自己下田种地、不吃荤菜，心里产生负罪感的时候，他要从本阶级的生活圈中挣脱出来的思想已经萌生。

托尔斯泰在 1882—1886 年之间撰写的长文《我们怎么办》里，记录了他从乡间来到莫斯科目睹穷人的惨状后的心灵震动与创痛，他说"面对成千上万的人饥寒交迫与屈辱"，他全身心地意识到这是一种社会性的犯罪行为，"而我，以自己的养尊处优，不仅是这一社会罪行的姑息者，而且还是罪行的直接参与者"。托尔斯泰后来把他在莫斯科一个流浪人收容所看到的非人景象告诉了一位城里的朋友，那位朋友劝托尔斯泰无需为此痛心疾首，说这是"正常的城市现象"，甚至是"文明的不可缺少的条件"。这下子可激怒了托尔斯泰——

> 我开始反驳我的这位朋友，而且反驳得那样的激烈和愤怒。以至于妻子从另一个房间走了过来……原来，我自己也没有发觉，我是含着眼泪向我的朋友挥手大喊。我喊道："不能这样生活，不能这样生活，不能！"

托尔斯泰在离家出走之前，一定在内心的深处重复着二十年前的这声"不能这样生活"的呼喊。托尔斯泰用自己的生命向世人说明，人即使到了临近死亡的时候，也可以脱离旧的生活环境而开始寻找新的更加符合道德原则的生活，托尔斯泰的离家出走让我们更加清楚地认识了他的乃至整个 19 世纪俄国文学的一个重要文学主题——人和他的道德世界。

愤怒与良知的呼喊

——俄罗斯作家群像

坟场与摇篮

一段历史，一片坟场。

1911 年，普列汉诺夫回眸俄国 19 世纪文学，感慨道："一切历史，自然包括文学史，都可称为一片大坟场——其间，死者多于生者。"

普列汉诺夫发此感慨时，19 世纪刚过去十个年头，高尔基、柯罗连科、蒲宁还都跨世纪地健在。到了 20 世纪的尽头呢？驰骋 19 世纪俄国文坛的作家死得干干净净了，19 世纪俄国文学史真正成了一片大坟场。

然而，当我们面对这片大坟场的时候，我们依稀听到普希金的声音——

不，我不会完全死亡。

在圣洁的诗歌中,我的灵魂将不朽不灭,活得比灰烬更久长。(《纪念碑》)

我们依稀听到契诃夫的声音——

你看,这棵树枯干了,但它仍然还和其他的树在一起迎风摇动。因此我以为,如果我死了,那么我也还能以某种方式参与生活。(《三姐妹》)

"不会完全死亡"的19世纪俄国作家何止普希金、契诃夫两人?何止出生在普希金和契诃夫之间的莱蒙托夫、果戈理、屠格涅夫、托尔斯泰、陀思妥耶夫斯基……

1829年2月的一天,普希金走在高加索的一条山路上,遇到一队护送灵柩的车马,灵柩里装着刚刚在德黑兰遇刺的俄国剧作家格里鲍耶陀夫的遗体。

普希金喃喃说道:"格里鲍耶陀夫不会死的,因为他已经写出了《智慧的痛苦》"。

经典性的作家能超越时空。

巡礼这片大坟场,我们关注的正是那些超越时空因而"不会完全死亡"的作家和他们笔下的人物。他们生活在19世纪,但他们的思想精神属于20世纪……有的乃至"属于一切时代",像莎士比亚那样。

当我们在这片坟场探寻既属于俄罗斯也属于全人类,既属于过去也属于未来的文明种子时，坟场便变成摇篮。

一段历史，一个摇篮。

蒙难实录

1850 年，赫尔岑写了篇题为《论俄国思想发展》的长文，抨击沙俄当局的专横与残暴，常常联系着最现实的俄国文学问题——

假如有人斗胆将自己的脑袋升过帝王权杖容许的尺度，可怕而可悲的命运就会落到他的头上……我们的文学史，是流放犯的名册，是蒙难者的实录。

赫尔岑可以开列一份俄国作家兼蒙难者的大名单：从死在沙皇绞架上的十二月党人、诗人雷列耶夫，到死于暴徒乱棍下的作家格里鲍耶陀夫，到殒命于残酷决斗中的诗人普希金、莱蒙托夫，到在贫病交迫中亡故的文学评论家别林斯基……这些在 1850 年之前死去的 19 世纪俄国的著名蒙难者，这些彪炳 19 世纪俄国文学史册的诗人、作家、评论家，竟没有一人活过了四十岁！

我猜测，也许陀思妥耶夫斯基有感于此，才在《地下室手记》中忍不住感叹说："我现在四十岁……一个人过了四十，再活下去就不合适了、鄙俗了、不道德了！有谁活得比四十岁更长的!"

然而,正是这些没有活过四十岁的蒙难者文人,创造了 19 世纪俄国文学的第一个高峰;正是在这个残酷到"脑袋升过帝王权杖容许的尺度"就有脑袋搬家之虞的俄国 19 世纪,奇迹般出现了姗姗来迟的俄国的文艺复兴。

文化在苦厄中生成的奇迹,中国人容易理解。《元典章》里有严惩"妄撰词曲、犯上恶言"的刑法条文,但中国戏剧文学的高峰偏偏出现在这个残酷的元朝。

更早,司马迁在《报任安书》里归纳了伴着苦难血泪的中国文化的光荣:"盖文王拘而演《周易》;仲尼厄而作《春秋》;屈原放逐,乃赋《离骚》……《诗》三百篇,大抵圣贤发愤之所为作也。"

赫尔岑也在那篇长文中分析了俄国文学何以能在黑暗中闪光的原因:"对于一个失去社会自由的民族,文学就是一个唯一可以让人听到自己的愤怒与良知的呼喊的讲坛。"

19 世纪初叶的俄国,最能响彻"愤怒与良知的呼喊"的诗坛,群星璀璨。有了十二月党人的流放西伯利亚,就有了普希金的名诗《在西伯利亚矿坑的底层》——

> 爱情和友谊一定会穿过
> 阴暗的牢门找到你们,
> 就像我的自由的声音,
> 来到流放你们的洞穴。

有了诗人普希金的喋血决斗场，就有了莱蒙托夫的名诗《诗人之死》——

你们，蜂拥在皇座两侧的人。

扼杀自由、天才、荣耀的刽子手，

……

你们即使倾尽全身的污血，

也洗不尽诗人正义的血痕！

"愤怒与良知的呼喊"，我们倾听到了。还有什么？还有蒙难者之间相濡以沫的情怀，还有流放犯对自由的渴求。

陀思妥耶夫斯基的《死屋手记》就是实实在在的"蒙难者实录"了吧。当小说里的那个"我"，走出窒息人的堡垒来到伊尔迪什河边搬运砖头，顿时觉得神清气爽，"因为只有从这河岸上可以看见上帝的世界，清洁的、明朗的远景，自由的沙原……在这河岸上可以浑忘一切；你看望这无垠的、空虚的、广阔的天地，好像流放犯从狱窗内看望自由的世界一般……你看到一只鸟在蔚蓝的、透明的空气里，你许久地、固执地注望着她的飞翔"。

假如陀思妥耶夫斯基没有经历过在断头台上候决的死里逃生，没有经历西伯利亚的九年苦役生涯，他如何能让读者在感觉到小鸟轻盈飞翔的同时，也感受到自由的像金子一样的沉重?!

知识分子

俄罗斯民族向文明人类贡献了一个了不起的单词——интеллигенция，即"知识分子"。

关于俄罗斯知识分子的发轫，哲学家别尔嘉耶夫的名著《俄罗斯思想》中有个说法：

> 俄罗斯知识分子的始祖是拉季舍夫……当他在《从彼得堡到莫斯科旅行记》中说"看看我的周围——我的灵魂由于人类的苦难而受伤"时，俄罗斯的知识分子便诞生了。

俄罗斯的第一个真正的作家拉季舍夫同时也是第一个真正的俄国知识分子，因为写了一本抨击俄国农奴制的《从彼得堡到莫斯科旅行记》险些被杀了头，后来改判流放，再后来服毒自尽。诗人普希金说："我之所以能为人民亲近，是因为我跟在拉季舍夫之后歌唱了自由与怜悯。"

中国知识分子悲天悯人的思想也曾在黑暗中闪光。当屈原在《离骚》中说"长太息以掩涕兮，哀民生之多艰"时，中国一个伟大的知识分子便诞生了。

从彼得堡到莫斯科的旅行中，拉季舍夫目睹劳动者的深重苦难，于是对自己催着马车夫赶路的行为感到了惭愧："我陷入沉思之中，目光随之移向仆人身上。他正在驭座上左右摇晃。

突然间我感到一阵寒战,在我周身运转的血液驱使这热气上扬,使我顿时面孔通红。我愧疚难当,几乎要哭。"

民国六年(1917 年)一个冬天,鲁迅先生也有过一件因催促车夫赶路而心生愧疚的"小事":"独有这一件小事,却总是浮在我眼前,有时反更分明,教我惭愧,催我自新,并且增长我的勇气和希望。"

热爱人民的怀有恻隐之心的知识分子,承认良心或良知的至高无上,因此懂得自省与悔悟。当孔夫子的学生曾子说"吾日三省吾身"时,中国一个伟大的知识分子群体便诞生了。

和解的年龄

老之将至,是否要和宿敌化解怨仇? 这个问题苦恼了不少文化人。

鲁迅先生晚年说:"我的怨敌可谓多矣,倘有新式的人问起我来,怎么回答呢? 我想了一想,决定的是,让他们怨恨去,我也一个都不宽恕。"

鲁迅这话是在特定的时代背景下说的,恐怕不能据此就推断他绝对不主张文敌之间的相互宽恕,先生毕竟写过"渡尽劫波兄弟在,相逢一笑泯恩仇"的诗句。

在俄国文坛,屠格涅夫树敌不少。法国作家德烈·莫洛亚在《屠格涅夫传》里不无幽默地说"他有种既能冒犯保守派又能触怒革命派的惊人本领"。

莫洛亚说的不无道理但也不够确切。小说《奥勃洛莫夫》的作者冈察洛夫和列夫·托尔斯泰既不"革命"也不"保守",但1860 年屠格涅夫与冈察洛夫对簿公堂,当众宣布绝交;1861 年屠格涅夫与托尔斯泰发生冲突几乎要决斗。文人之间的争执,原因相当复杂,有时甚至是说不清道不明的。

不过,屠格涅夫对人世间的恩恩怨怨有个相当明确的看法,那就是,年轻时可以结怨,年老时应当解仇。

1855 年写作小说《罗亭》时,屠格涅夫把这个观点通过罗亭的同窗老友列日涅夫之口说了出来:

> 要知道我们是最后的莫希干人了!在年纪轻轻、来日方长时候,我们尽可以分道扬镳,甚至怒目相对,但现在渐入老境,知交凋零,而新的一代又与我们擦肩而过,我们应该守望相助,彼此扶持才对。

九年之后,屠格涅夫在写给刚刚与之言归于好的冈察洛夫的信里,重复了"我们是最后的莫希干人"这句话:"我们是最后的莫希干人。我愿意再说一遍,我衷心高兴,我的手心重新感觉到了您的手心的温暖。"

屠格涅夫与赫尔岑的和解是在 1867 年。屠格涅夫把刚出版的小说《烟》寄给了已经绝交多年的赫尔岑,顺便附去一封祈求和解的信:"您已经过了五十五岁,我明年也满五十岁了。这年龄是和解的年龄。"

1877 年 7 月，屠格涅夫与涅克拉索夫化敌为友，是在气息奄奄的诗人的病榻前。屠格涅夫后来在散文诗《最后的会面》里对此作了把哀婉的诗情提升到人生哲理的描述：

> 我们曾是亲密无间的朋友……但那倒霉的时刻一到，我们就像仇敌一样地分道扬镳了。好多年过去了……我走进了他的房间……我们的目光相遇了。我几乎认不出他。上帝！疾病怎么把他折磨成这样！……我坐在他的病床旁边……我感觉到在我们之间像是坐着一个高高的、静静的、白白的女人。长长的外衣把她从头到脚覆盖着……是这个女人把我们两人的手联结到一起……是的……死亡让我们和解了……

1880 年，趁参加普希金纪念碑揭幕仪式的机会，屠格涅夫也曾设法与陀思妥耶夫斯基和解，但失败了。有一本名叫《陀思妥耶夫斯基最后一年》的书里记录了陀氏拒绝与屠格涅夫和解的场景。现在还记得当年读到书里那个段落时我是怎样地黯然神伤的。

人是个谜

1980 年，诺贝尔文学奖获得者布罗茨基著文纪念陀思妥耶夫斯基逝世一百周年，文章是这样开头的——

　　和土地、水、空气与火并列，金钱现在成了人的生存不可或缺的第五要素，这可能就是在陀思妥耶夫斯基去世一百年之后的今天，他的作品依旧保持活力的一个重要原因。

　　这话有道理。陀思妥耶夫斯基的那些揭示金钱扭曲人性的小说，如《白痴》《卡拉马佐夫兄弟》，在物欲横流的今天，可能读了之后更加让人触目惊心，自然"依旧保持活力"。

　　再往前推一百年。1880年6月8日，陀思妥耶夫斯基在莫斯科发表庆祝普希金纪念碑揭幕的演说，演说是这样结尾的——

　　普希金死于盛年，无疑，他把一些伟大的秘密带进了坟墓，我们是在没有他本人的情况下解秘。

　　这话很精彩。英年早逝的普希金身后留下不少谜。而对于我们来说，最大的谜莫过于：普希金诗歌的透明的单纯为什么具有如此的魅力。

　　我学会的第一句普希金诗是："严寒和太阳，日子真美好。"初学俄文的外国人都喜欢读普希金的"严寒和太阳"，就像初通汉文的外国人都喜欢背李白的"床前明月光"。

　　但我真正懂得"严寒和太阳"的美妙，是1957年在俄罗斯度过了头一个冬天之后。俄罗斯的冬天，常常飘雪，天灰蒙蒙的，人在阴霾中耽久了心里会渴望阳光。普希金的透明的单纯是人人都心向往之的美的和谐。

19 世纪俄罗斯文学从普希金发展到陀思妥耶夫斯基，也可以说是从透明的单纯演进到了重彩的复杂。单纯有单纯的魅力，复杂有复杂的魅力。复杂的魅力同样是个需要破解的谜。

陀思妥耶夫斯基说："人是个谜。应该解这个谜。如果你一辈子都用在这解谜上，也不要说你虚掷了光阴。"

这句现在常常被陀思妥耶夫斯基的研究者所引用的话，是陀思妥耶夫斯基在十八岁时写在日记本上的。陀氏的早熟也可算个谜。

作家越大，谜底越深，解谜者越众。陀思妥耶夫斯基是在 20 世纪被研究得最多的一位 19 世纪作家。研究陀氏就是解陀氏之谜。中国人也早就研究陀思妥耶夫斯基。研究得最出色的是鲁迅，因为他最出色地解析了陀氏的文学魅力之谜。鲁迅深刻地指出了陀思妥耶夫斯基笔下人物罪恶与洁白交织的复调，说："他把小说中的男男女女，放在万难忍受的境遇里，来试炼它们，不但剥去了表面的洁白，拷问出藏在底下的罪恶，而且还要拷问出藏在那罪恶之下的真正的洁白来。"

解析人的谜，就是拷问人性，"拷问出藏在那罪恶之下的真正洁白来"。

留也销魂，离也销魂

因为要看焦晃、冯宪珍主演的 *Sorry*，先读了俄罗斯剧作家加林的这个剧本，因为读了剧本 *Sorry*，而想起俄罗斯知识分子一个挥之不去的心结——祖国与自由的痛苦抉择。

Sorry 的男主人公、作家尤里说："这里的土地比世界上任何地方都大，可我却无处可去。"于是他离开莫斯科到了耶路撒冷，由一个俄罗斯人变成了一个犹太人。可是他的心灵并没有因此而得到安宁，所以他又说："当我成了犹太人的时候，我突然觉得脚下的土地开始离我而去，我悬在半空中……"

我从 *Sorry* 这出戏里，感知到了契诃夫式的心理现实主义的深度，也触摸到了一串绵绵不断的情丝——"留也销魂，离也销魂"的惆怅与不忍。

看完 *Sorry*，我也想起了两位著名的俄罗斯文化人。一个是女诗人吉皮乌斯，一个是学者、评论家拉克申。

我对吉皮乌斯很生疏，但我知道她在人生关节处所作的一个让她痛苦了一辈子的选择。十月革命后，她的同样也是象征派诗人的丈夫梅列日科夫斯基问她："什么更重要——没有俄罗斯的自由，还是没有自由的俄罗斯？"吉皮乌斯毫不犹豫地回答："自由。"于是她和丈夫于 1920 年流亡西方，最后双双在落寞的悲凉中，在对俄罗斯祖国的深深眷恋中，客死巴黎。

我对拉克申很熟悉，他是我的恩师，我在莫斯科大学写契诃夫论文的指导老师就是他，后来他成了一位非常著名的学者和评论家。拉克申晚年发表的一篇最重要的、也是引起了广泛社会影响的文章是《俄罗斯与俄罗斯人在埋葬自己》，他痛心地指出了漠视民族文化之根的民族虚无主义的危险，他在文章最后写道："我不可能想象没有自由的祖国，但我同样不能想象没有祖国的自由。"

拉克申写过这篇文章不久就在忧伤中去世了。我读过一篇悼念他的文章，悼文的最后一句是："我们要感谢这位评论家在临死之前的思想放光。"

拉克申去世之后，报刊披露了他的一些日记片断，我印象最深的，是 1969 年 5 月 4 日的那则日记："……我第一次感受到对于我们的大自然的如此强烈的、真诚的爱。我爱这些田野，我爱这些白桦林，我爱每一个因日晒雨淋而顶板变黑了的农舍。"

这是什么情感？这是热爱祖国的情感。伟大的俄国诗人莱蒙托夫早在一百年前就在《祖国》一诗中，抒发了这种情怀——

　　　我爱它的草原的清凉的沉默，
　　　我爱它的无边的森林的摇动，
　　　我爱野草过火冒起的烟雾，
　　　我爱在草原上过夜的车队，
　　　还有黄色田野的小丘上

那两棵泛着白光的白桦。

说到底，*Sorry* 要在读者与观众心中激发的，也是这种眷恋故土的情感。所以他让女主人公在最后对男主人公说："记住，尤里，你的妻子在俄罗斯！这里永远有一个女人在等着你。"

祖国的炊烟

格里鲍耶陀夫的《智慧的痛苦》里有些台词成了成语，如"祖国的炊烟让我们感到甜美和愉悦"。这是戏剧主人公恰茨基从国外远游归来吐出的心声，表达的是对于俄罗斯故土的眷恋。这种家国意识在一些俄国知识分子心中根深蒂固。

1958 年 10 月 23 日，小说《日瓦戈医生》作者帕斯捷尔纳克获悉被授予诺贝尔文学奖，随即致电瑞典皇家科学院："无比的感激，感动，自豪，惊异，羞愧。"苏联作协主席费定也在第一时间要求帕斯捷尔纳克拒领诺贝尔奖，遭到拒绝后，这位不听话的作家立即被开除出苏联作家协会，对于他的媒体大批判也立即展开。

其时，我正好在莫斯科大学医院住院，病房里的收音机整天开着，因此天天能听到社会各界对于帕斯捷尔纳克的批判，有个工会团体甚至向政府提出建议：既然西方国家那么喜欢帕斯捷尔纳克，那就将他放逐到西方世界去好了。

面对被逐出国门的现实危险，以及女友拉文斯卡娅的尴尬处境，帕斯捷尔纳克于 10 月 31 日致函最高当局，表示愿意拒领诺贝尔文学奖，因为"置身于祖国之外，对于我来说无异于死亡"。11 月 6 日他又写信给《真理报》，再次表达他的俄罗斯情结，说他"与俄罗斯的过去、光荣的今天以及它的未来紧紧相连"。

"祖国的炊烟"，对他来说，要比诺贝尔文学奖更甜美。

关于蒲宁

蒲宁，1933 年得诺贝尔文学奖，他是第一个获此殊荣的俄国作家，在他之后获得诺奖的俄国作家还有帕斯捷尔纳克（1958）、肖洛霍夫（1965）、索尔仁尼琴（1970）、布罗茨基（1987）。

蒲宁在 1917 年十月革命之前已有文名，1918 年流亡到欧洲后还不断创作，我有本 2000 年莫斯科出版的他的小说集《幽暗的林荫小径》。诺贝尔奖的评委会着眼的也正是这些作品，在授奖词中称赞他"在小说中重现了典型的俄罗斯精神"。

我阅读了他去国之后写的这些短篇小说，依旧感觉到俄罗斯文学人道主义精神的张扬。可以举他 1924 年写的《盲人》为例。情节非常简单：一个盲人坐在街头行乞，听到有人向他帽子里扔了几个钱币，他就说："谢谢，我的朋友！"由此引发了蒲宁的一番感慨："是的，是的，我们都是兄弟。……所有的我们在本质上都是善良的。我走路，我呼吸，我观看，我感受——我把生活，把它的充盈和欢乐吸纳到我自身⋯⋯生活无疑就是爱，善，而减损这爱和善永远是减损生命⋯⋯"蒲宁的这篇小说简直像篇歌唱爱与善的散文诗。

1952年来临，蒲宁年届八十二岁，自知生命快到尽头，他想，最长寿的俄国作家列夫·托尔斯泰不也就活到了八十二岁。于是他写了一篇题名《贝纳尔》的短篇小说，开门见山就是这样一句："我在人世间的日子已经不多。"

贝纳尔是法国作家莫泊桑的小说《在水上》中的一个人物，是个水手，他忠于职守，艇上收拾得一尘不染，他的航海记录无可挑剔。因此，他临死的时候，说出的最后一句话是："我想，我是个好水手。"

小说写的是法国水手贝纳尔，但小说结尾的一句是蒲宁自述：

　　我认为，我作为一个艺术家，也有权在最后的日子里，像贝纳尔临终所说的那样来说自己。

《贝纳尔》当真是蒲宁写的最后一篇小说。

蒲宁去世前留有遗嘱，他的遗嘱里有个特别的内容：不容许拍摄他的遗容，也不容许从他的遗容拓制面模，要求在他死后立即用布蒙住面孔。谁也不应该看见他的遗容。

再说蒲宁

在契诃夫的朋友圈里，高尔基和蒲宁是两个重要人物。高尔基和蒲宁是在契诃夫的雅尔塔别墅里相识的。他们的友谊从 1899 年开始，到 1917 年结束。是两个人对十月革命的不同态度使他们分道扬镳。

但蒲宁 1936 年在法国得知高尔基的死讯，还是很悲伤的。而等他 1944 年写出了小说《干净的星期一》后，又因为高尔基已经看不到这篇小说而深感遗憾。

为什么蒲宁会因为昔日的朋友高尔基看不到他一篇短篇小说而感到遗憾呢？我把这篇收到他的作品集《幽暗的林荫小径》里的作品找出来读了读，才大致了解其中原因。

这一篇以男主人公的自主叙述展开故事情节的小说，写一对青年男女的哀婉的爱情故事，时代背景应是契诃夫去世之后到 1914 年第一次世界大战爆发。小说男女主人公是对契诃夫充满敬意的人，同时也是与莫斯科艺术剧院保持着友好关系，因为小说的两位主人公曾在一个夜晚去新圣女墓地拜谒过契诃夫墓，也曾去参加莫斯科艺术剧院举行的游艺会。而这一切都应该能让高尔基感到亲切。

小说中有一段对莫斯科冬天晚景的描写，充满着乡愁——

　　一个莫斯科的灰色的冬日暗下来了，在寒冷中，点燃的路灯，温暖地照亮着商店的橱窗，从白天的琐事中解脱出来的莫斯科的夜生活也红火了起来：街上的马车跑得更多也更起劲了，挤满了乘客的电车在发出沉重的叮当声——在暮色中可以看到，绿色的火星是怎样带着咝咝的响声从电线上迸溅出来——黑影幢幢的行人是如何踏着积雪、顺着人行道疾行。……

也许蒲宁很想让高尔基知道，他这位漂泊海外的游子也怀着浓浓的乡愁。所以，帕乌斯托夫斯基在《金蔷薇》里，把蒲宁称之为"生在异乡，灵魂还在俄罗斯的人"。

蒲宁喜欢读契诃夫的信。

1914年，为了纪念契诃夫逝世十周年，公开发表了一部分契诃夫书信。蒲宁读到了一封与自己有关的信，那是契诃夫1901年2月23日写给他的未婚妻克尼碧尔的。信里说到了他在雅尔塔的孤独："蒲宁来过这里，现在他走了——就留下我一人。"

其时，蒲宁正在写一篇回忆契诃夫的文章，于是就觉得可以写写他在雅尔塔与契诃夫的交谊了：

他坚持要我每天一清早就到他那里去。就在那些日子里，我们两人亲近了起来。我们两人都很矜持，但已经有了深深的友谊……我现在可以说这样的话了，因为这被他给亲爱的人的书信证实了："蒲宁来过这里，现在他走了——就留下我一人。"

蒲宁的这段文字增加了我对他的敬意：他不是那种被鲁迅先生称作"谬托知己"的人。

2000 年，俄罗斯出版了一本名叫《穿睡衣的蒲宁》的书。作者巴赫拉与蒲宁过从甚密，记录的不是一些这位作家穿着正装在大庭广众下说的漂亮话，而是穿着睡衣在私下里说的私房话。蒲宁是 1953 年 11 月 8 日去世的。去世的前一天——11 月 7 日，巴赫拉在病榻前记录下了这位作家关于生命与死亡的最后陈述：

> 当我一出现，他就开始讲死亡的荒唐，说他无法理解和接受怎么原本有一个人，而突然间这个人就没有了。这两种状态的界限在哪里？由谁来确定这个界限？他说他能够想象、理解、接受一切，唯独他无法接受"不再存在"。

我觉得奇怪，他为什么不能像契诃夫以及其他的大作家那样，平静地面对死亡？更让我奇怪的是，他的"遗嘱"——他要求在他死后，立即用块布把他的面孔蒙上，不能让任何人见到他的遗容，更不能让人用石膏做他的面模。他关照早点入殓，早点埋葬。

蒲宁的遗嘱得到了执行。11 月 8 日早上，巴赫拉接到作家夫人的电话："伊凡·阿历克谢耶维奇没有了。"巴赫拉匆匆赶去，在餐厅里见到了死者的遗体，"但头已经用一块厚实的白色被单包住了"。

这里也可以对照一下比蒲宁早去世将近一百年的果戈理的"遗嘱"——"趁头脑清醒，我把自己最后的意愿陈述如下。一、我遗嘱：我的身体没有出现明显腐烂迹象之前，别忙着将我埋葬。所以要指出这一点，是因为在我患病期间，在我身上已经有过假死现象，心脏和脉搏停止了跳动……鉴于在生活中我已多次目睹由于我们愚蠢的操之过急而养成的悲剧，因此，我将此项要求列入遗嘱的头条，但愿我的人之将死的声音能提醒大家，行动要切切谨慎……"

关于德鲁日宁

德鲁日宁这个名字我们不太熟悉，只知道他是个唯美派作家。按1964年的《文学百科全书》的介绍，他虽然也写过一些不错的小说和评论文章，但后来远离革命，成了个温和的自由主义作家。这大概就是到了苏维埃时代德鲁日宁遭到冷落的原因。而从上世纪80年代开始，德鲁日宁在俄罗斯时来运转，他的作品大量出版。我有一本1989年出版的德鲁日宁小说日记选集，编者前言的第一句话就是："最近十年出现了异乎寻常的德鲁日宁热。"当20世纪末的俄国知识界对19世纪激进的民主主义者的热情减退的时候，对温和的自由主义者的兴趣便提高了。

为了认识德鲁日宁,我读完了他的全部日记。我选译两段日记,看看 19 世纪俄国的"温和的自由主义者"的精神状态。

1854 年 1 月 29 日日记:"我的上帝,如果现在能给我一片宁静,一块绿茵,一条海岸,几个善良的朋友,一个值得一爱的女人该多好。"

1855 年 8 月 26 日日记:"啊!应该拥有一座城堡,一处花园,一间古旧的客厅,一个相伴的女人。"

陀思妥耶夫斯基的厄运

19 世纪俄罗斯作家的最惨痛记忆,是属于陀思妥耶夫斯基的。1849 年 4 月 23 日夜,陀思妥耶夫斯基与"彼得拉舍夫斯基小组"的其他成员被捕,12 月 22 日判处死刑。直到绑赴刑场待决,执行的钟声都敲响之后,死囚们以为立刻就要被推上断头台之时,才重新宣布以流放取代死刑。

"彼得拉舍夫斯基小组"是个有革命倾向的团体。沙皇政府派彼得堡大学的学生安东涅林作为卧底打入这个组织,将这个小组成员的言行及时向当局告密。陀思妥耶夫斯基的"罪状"之一是慷慨激昂地朗读"别林斯基致果戈理信"。陀思妥耶夫斯基遭遇牢狱之灾与刑场待决的心灵煎熬之后,曾说他再也不会写什么东西了,但他还是写了《死屋笔记》,描述了他在西伯利亚服四年苦役的悲惨命运。小说结尾处,作者忍不住呼叫起来:"多少青春生命在这些围墙里白白地被埋葬了,多么伟大的力量在这里徒然地消失了!……这些强大的力量白白地消失了,不合理地、无可挽回地被毁灭了,这是谁的罪过?"

决斗中的杀戮

刘心武先生造访过彼得堡的"普希金决斗处",思索良久,低回不已,回北京后写了篇随笔,登在晚报上。像我这样一个与俄国文学有点瓜葛的人,自然会和刘先生一起咨嗟叹息,深长思之。

普希金之死曾震惊俄国社会,也引起了文明社会对于"决斗"风尚的反思。这个反思最终完成于俄国作家库普林的中篇小说《决斗》(1905)中。

《决斗》是部揭露旧俄军队黑暗与残忍的小说,而"黑暗与残忍"的高潮点恰恰落实到了"决斗"上。面对两个军官之间的冲突,团队军官委员会竟做出如此裁决:"你们只能通过决斗来维护自己受损的尊严与军官的荣誉。"小说最后以一份冷冰冰的宣告罗马晓夫少尉(他是小说中最可爱的人物)死亡的决斗报告结束。

库普林是反对"决斗"之风的,他说:"那些关于决斗中的杀戮不是杀戮的说法全是胡说八道。"他呼吁人们"鼓起三倍的勇气来抗拒决斗"。

契诃夫也有一篇题名《决斗》(1891)的小说。小说主人公最后正是鼓起了三倍的勇气抗拒了决斗的诱惑。契诃夫小说在结尾处意味深长地写了一段抒情独白："寻求真理的时候，人也总是进两步，退一步。痛苦，错误，生活的烦闷把他们抛回来，然而渴求真理的心情和顽强的意志又促使他们不断前进。"

从普希金开始，经过莱蒙托夫、契诃夫到库普林，俄国的社会文化精英终于"进两步退一步"地认识到了一个真理——"决斗中的杀戮也是杀戮！"

万比洛夫之谜

在俄罗斯的戏剧史上，除了《大雷雨》作者奥斯特洛夫斯基外，戏剧天才在世上活得都不太长。果戈理终年四十一岁，契诃夫终年四十四岁，万比洛夫 1972 年 8 月 17 日在贝加尔湖溺水身亡，离他三十五岁生日还差两天。

万比洛夫的命运，曾重重刺痛俄罗斯知识界的良知。

这位来自西伯利亚穷乡僻壤的青年作家，生前几乎默默无闻，死后却备极哀荣。生前，他拿着自己的后来被称作"戏剧经典"的剧本，踏遍莫斯科各大剧院的门槛，但走一家剧院碰一次壁。生前，莫斯科、列宁格勒没有一家剧院上演过他的戏。喜剧性的命运转折要等到他悲剧性的死亡。

万比洛夫死于溺水。过早的夭折，悲惨的横死，让一些早就爱怜他的人扼腕。他们奔走呼号，为天才的死者争取他生前没有争取到的权利。剧本一个一个发表了，又一个一个搬上了舞台。整个俄罗斯剧坛，在痛苦的惊喜中达成共识：他们失去的是一位二次大战后最杰出的俄国戏剧家。反思也是痛苦的。有一位曾在青年作家进修班上指导过万比洛夫的老戏剧家感叹说："唉，我们这些人哪，总要给青年作家的作品提这样那样的修改意见，殊不知这位青年作家早已超出我们一头！"

20 世纪七八十年代之交，正是俄罗斯剧坛"万比洛夫热"方兴未艾之时。《万比洛夫戏剧集》的中文译本可能是新时期最早出版的一本外国戏剧集。

之后，万比洛夫的戏剧不断地出现在中国舞台上。光中央戏剧学院，就先后演出了他的《打野鸭》《长子》和《去年夏天在丘里本斯克》。

《打野鸭》是 1990 年演的，特请乌克兰著名导演列兹尼柯维奇执导。在他正式投入排演工作前，我向他探问过导演构思。他说，在万比洛夫的剧本里能看到浓重的契诃夫戏剧的影子。因此，他要把契诃夫《三姐妹》的结尾搬来给《打野鸭》煞尾。后来公演时，当真看到在剧中扮演三个女角的龚丽君、江珊、陈小艺，含着泪花互相偎依在一起，诵念契诃夫结束《三姐妹》时的著名台词："我们的生命还没有完结。我们要活下去！……再过一会儿，我们就知道究竟为什么活着，为什么痛苦……"我听了一点不觉得唐突。

就是在看了《打野鸭》这出戏后，我真正相信了俄罗斯评论界的一个普遍看法：万比洛夫是契诃夫传统的最优秀的继承者。的确，他像契诃夫一样，执着地探究人的精神生活，就社会的精神危机向社会敲响警钟。他的戏剧像契诃夫的戏剧一样，悲剧意识与乐观主义共存。他们的戏剧是心灵的解毒剂，是道德的定音笛。

然而，在这个"万比洛夫现象"里，总还存有不解之谜。比如，生成万比洛夫这棵参天大树的土壤是什么？

我读过一本《万比洛夫评传》，1989 年出版的。此书作者试图解开"万比洛夫之谜"。有两条说得很特别。

其一，今天，真正的俄罗斯之魂，不是在莫斯科、列宁格勒（即圣彼得堡）等大城市里，而是在地处俄罗斯腹地的中小城市中。万比洛夫就出生在一个小城镇，他的戏剧情节，无一例外地都发生在俄罗斯的中小城市。

其二，万比洛夫在家里是最小的孩子，排行第三，而老三最易成才。书里就是这样写的：

> 这（即老三的地位）决定了他的性格的特质，决定了他的才华和命运的特点。他可以和家乡的小伙伴们一起天真烂漫，一起调皮捣蛋、一起无拘无束地发育成长。

我记得，读到这儿，曾掩卷思索了一下，思索的结果是："其二"不及"其一"有道理，但也不是全然没有道理。因为我忽然想到，巴金的《家》里，最早冲破"家"之牢笼、脱颖而出的，只能是排行第三的觉慧。

万比洛夫不仅多幕剧写得精彩，他的短剧也意味深长。高尔基曾经说在契诃夫的每一个幽默小品里，都能听到他"一颗纯洁的心的轻声而深沉的叹息"。我们读完万比洛夫的幽默小品《花与年》《成功》，不也能听到万比洛夫那"一颗纯洁的心的轻声而深沉的叹息"？

布尔加科夫和叶莲娜·谢尔盖耶芙娜

无论是在俄罗斯还是在中国，文学圈里的人普遍把布尔加科夫的小说《大师和玛格丽特》看作 20 世纪俄国写得最有才气的一部小说。王延松导演有一次跟我说起他对《大师和玛格丽特》的情有独钟，想将来有机会把它搬到舞台上去，这是我头一次听到一位中国导演想把一部不为一般中国读者所熟悉的俄国小说介绍给中国观众。

《大师和玛格丽特》真是一部奇书，用通俗一点的话说，它是一部仙气与鬼气并存的小说，用专业一点的话说，这是一部俄国的怪诞现实主义文学的高峰之作。我手头有一本俄罗斯2000 年出版的《大师和玛格丽特》，编者是这样介绍的："在《大师和玛格丽特》中应有尽有：欢乐的孟浪和沉重的哀伤，浪漫的爱情和奇异的魔法，诱人的秘密和与魔鬼的斗法……"而所有这一切都洋溢着俄罗斯文学动人的人道主义精神。

说起《大师和玛格丽特》便不能不提起一个非凡的女性——叶莲娜·谢尔盖耶芙娜，她是布尔加科夫的妻子，也是玛格丽特的原型。

但叶莲娜在成为布尔加科夫的妻子之前，曾是一个红军高级军官的妻子。布尔加科夫和叶莲娜是在 19 世纪 20 年代末的一次朋友聚会上认识的，很快就相爱了。红军军官曾经作过让妻子远离布尔加科夫的尝试。但当经过了二十个月的音讯阻隔，当两位有情人重新见面的时候，布尔加科夫对叶莲娜说："离开了你，我无法生活。"叶莲娜回答说："我也一样。"叶莲娜答应和他结婚的时候，布尔加科夫说："我希望将来死在你的怀里。"结婚八年之后的 1940 年 3 月 10 日，布尔加科夫当真死在了叶莲娜的怀里。当时作家协会主要领导法捷耶夫曾去死者家里慰问，说："为什么一个人的价值非要等到那个人死去之后才彰显出来？"

布尔加科夫的价值的彰显是在他死去二十六年之后。这还是经过叶莲娜的努力，《大师和玛格丽特》才于 1966 年首次发表。这里也有首先看到这个小说手稿并热心推荐的评论家拉克申的一份功劳。

为什么一个小说杰作要空等二十六年之后才能面世？这就牵涉到了一个老问题——人与书的命运。

布尔加科夫 1925 年发表讽刺小说《不祥的鸡蛋》之后，逐渐淡出文坛。因为他事实上已经没有公开发表作品的可能。叶莲娜的不同凡响是，她为了爱情投入了一个穷困潦倒的作家的怀抱。而这个作家因为有了天使般的叶莲娜而在心中迸发了前所未有的创作灵感。《大师和玛格丽特》就是这个不同凡响的爱情的见证。如果了解了这一点，我们再读这部小说，就能体会到小说结尾处大师与玛格丽特在神奇魔法的帮助下,双双经过麻雀山飞离莫斯科的场景,反映着布尔加科夫和叶莲娜·谢尔盖耶芙娜的一种什么样的心境。

马雅可夫斯基的命运

我们 20 世纪 50 年代的文科生都知道马雅可夫斯基,知道他写过歌颂革命及其领袖的长诗《列宁》和《好》,甚至还知道他那首《开会迷》的头一句是"我要像狼一样地吃掉官僚主义"。

但 1930 年 4 月 14 日那天,他突然开枪自杀了,慢慢地他的诗名也隐而不彰了。

1935 年,诗人的情人勃利克上书斯大林,反映了马雅可夫斯基及其作品不受重视的情况,斯大林立刻将此信转给了相关部门,并作了批示:

> 无论是过去,还是现在,马雅可夫斯基都是苏维埃时代最优秀最有才华的诗人,对于他及其作品的漠视,是一种犯罪行为。

从此,马雅可夫斯基诗歌的经典地位得到了确立。即使到了今天,俄罗斯诗坛的名人堂里,马雅可夫斯基依然占有一席之地。但研究者们的目光更多地投向了他十月革命前的创作。我发现,他 1914 年写的《听着!》一诗常被人提及。我见过一本

2001 年出的介绍一组俄罗斯诗人的书。每个诗人的照片旁，都附有该诗人的一节诗。给马雅可夫斯基照片配的就是《听吧！》的末段：

听着！

要知道，如果星星

在闪耀——

这意味着有个人需要它？

这意味着——必须要

在每个晚上

在屋顶上

哪怕只有一颗星星在闪光？！

冈察洛夫的中国记忆

19 世纪俄国著名作家里有两位到过中国，一位是契诃夫，一位是冈察洛夫。

1890 年 6 月 27 日，在去库页岛途中，契诃夫坐船饱览阿穆尔河（黑龙江）两岸景色后，还弃船登岸，在中国边城瑷珲小作逗留。

真正到过中国大都会的 19 世纪俄国大作家只有冈察洛夫。这位以小说《奥勃洛莫夫》享誉文坛的俄国人于 1852 至 1854 年随巴拉达号三桅巡洋舰作环球航行，到过上海也到过刚刚割让给英国的香港。关于上海，冈察洛夫在 1853 年 12 月下旬的一封书信中记下了这样一段街市即景："天一亮，街头便开始搬运货物。都是运给租界里的英国人和美国人的。茶叶是用匣子装的。搬运中这些小叶子撒落了一路，要是在我们国家，出来沿路拾遗的将不仅仅是穷苦人——我们那儿不也常有在苦力搬运货物中一路上撒落面粉的情形么。中国人的房子、集市、店铺、市井喧哗、小酒店——所有这一切，您知道让我想到了什么？想到了我们普普通通的俄国生活！"

走近中国边境线的契诃夫感到中国和俄国一样的荒凉，走进中国大都会的冈察洛夫感到中国和俄国一样的热闹。

1858 年，冈察洛夫把他在旅途中写的有关书信汇编成《巴拉达号舰游记》出版。游记毕竟出自一位大作家之手，书中不乏寥寥数语活现人物的片段。如香港之旅中月下夜渡的记述：

……在迷人的夜色中，我回到了码头，遇到也在那儿等舢板的普君。码头上正停靠着一条中国小船，在月光中，我们瞧到船上有两个女人的身影。我说："干吗等舢板，这儿就有渡船，坐上去。"我们坐上了船。两个妇女一齐抓住固定在船尾的单橹，急速地摇动着。月光正好照在她俩脸上：一个是老妇人，另一个是妙龄少女。少女皮肤白皙，长着一双黑黑的、尽管细长但非常美丽的眼睛，头发用发夹盘在头顶。"请把我们送到俄国军舰上去！"——我们说。"Two Shillings!"（"两先令！"）——少女报了价。

"这样的漂亮姑娘值一百英镑!"——我的同伴说。"贵了。"——我说。"两先令!"——姑娘单调地重复着。"你不是本地人吧?你面孔白。你是从哪来的?你叫什么名字?"——我的同伴一边盘问,一边尽量把身子移近姑娘。"我从澳门来的,我叫艾托拉。"——她用英语回答,像中国人通常说英语那样,省略了几个音节。沉默了一会儿,她又补充道:"两先令。"我的同伴继续说道:"多么漂亮的姑娘!把你的手伸过来,你几岁啦?你更喜欢什么人:我们,还是英国人,还是中国人?""两先令。"——她重复道。我们的船到了巡洋舰旁。我的同伴拉住了姑娘的手,而我已经登上了甲板。"艾托拉,你给我说点什么好吗?"——他握住姑娘的手说。姑娘不语。"你说句话呢……""两先令。"——她重复道。我笑着,他叹息着付了钞,然后回到了各自的船舱。

冈察洛夫作为文学家是才气十足的,而当他以政论家的面目出现时,便露出了平庸。香港游记最后谈到香港的前途,这位俄国作家预言说:"这个小岛大概将是中国人眼里的一根永远拔不掉的芒刺。"冈察洛夫1853年6月8日在中国南海上写下这句话时,尽管对被侵略的中国不无同情,但他还是低估了中国人民百年生聚、百年奋斗的伟力,因此他无法预知:中国人民洗刷耻辱的"芒刺"的百年梦想终究实现了。

Ⅳ　无边的森林的摇动

苦难的艺术灵魂
——俄罗斯文学人物画廊

顿 悟

安德烈躺在战场上，以为快要死了，仰望天空，出现顿悟："我怎么先前没有见到这个崇高的天空呢？"

接着拿破仑出场。他对横陈沙场的累累死尸竟然无动于衷。这促使本来崇拜拿破仑的安德烈的又一个顿悟——他对拿破仑的幻灭。

> 他知道这是拿破仑——是他心中的英雄，但是这时候，他觉得，拿破仑和当时在他的内心与那崇高、无极、有飞云的天空之间所发生的东西比较起来，是那么一个渺小、不重要的人……他觉得生命是那么美好，因为他此刻对生命的理解是全然不同了。

安德烈公爵的顿悟有道德因素，拿破仑的道德面目的暴露（对人的死亡的漠视）导致了安德烈的信仰转变（从拿破仑的信徒转变为拿破仑的批判者）。

在这里，托尔斯泰让我们注意到了"顿悟"的最初的触媒——天空。

像天空一样湛蓝湛蓝的河水，也能成为顿悟媒介。《读书》1993年第1期披露了沈从文一封写给张兆和的信，信里说一次坐船，"站在船后看了许久水，心中忽然好像彻悟了一些"。沈从文在信中追忆了那"彻悟"的美妙瞬间："我看久了水，从水里的石头得到一点平时好像不能得到的东西，对于人生，对于爱情，仿佛全然与人不同了。"

是宁静的天空与河水，是伟大的大自然在刹那间让人"顿悟""彻悟""对生命的理解是全然不同了""仿佛全然与人不同了"。

顿悟也有是理性的突然觉醒。

梁漱溟先生在《忆往谈旧录》里记述了他年轻时放弃出家之念的顿悟——

梁先生年轻时"茹素不婚……有志于佛"。1920年夏初的一天，在家写有关宗教问题的讲稿。结果"写不数行，涂改满纸，思路窘涩"，在掷笔叹息之余，随手翻书，于《明儒学案》的《东崖语录》中忽然看到"百虑交锢，血气靡宁"八个字。梁先生"蓦地心惊……顿时头皮冒汗，黯然自省，遂由此决然放弃出家之念"。

有些戏剧名作也是以主人公的顿悟结束的。

易卜生的《玩偶之家》的娜拉与丈夫海尔茂结婚八年了，有了三个孩子，自以为过着正常人的幸福生活，但一张借据引发的"偶然事件"，突然擦亮了她的眼睛，使她"顿悟"到自己在家中的"玩偶"地位。

高尔基的《叶戈尔·布雷乔夫》的同名主人公，到全剧结尾（也是生命的结尾）之时，突然"顿悟"到他"住错了街"，一辈子没有过到那种他应该过的生活。

能顿悟的人物，一定是优秀的人物。如果一个人在心灵深处没有对真善美的潜在追求，这个人就很难有我们称之为"顿悟"的人性升华。能顿悟的人既是理智中人，又是性情中人。

佐西马为什么给德米特里下跪？

陀思妥耶夫斯基笔下的人物，不时会做出令人惊奇的举动。如佐西马长老在德米特里·卡拉马佐夫跟前下跪。这情节出现在小说《卡拉马佐夫兄弟》第一部第二卷第六章。卡拉马佐夫一家在修道院聚会，原本想由佐西马长老出面调解这个"罪恶之家"的家庭纠纷。哪想到长子德米特里与父亲费多尔·巴夫洛维奇刚一照面，就发生激烈口角，直至双方似乎都失去了理智。这个家庭闹剧最后由佐西马长老的下跪告终。小说是这样写的——

然而这出越闹越不像样的丑剧最后完全出人意料地中止了。长老忽然从座位上站了起来。由于替他和替大家担心，几乎弄得完全不知所措的阿辽沙，刚刚来得及扶住他的胳膊。长老朝德米特里·费多罗维奇走去，一直走到他紧跟前，在他身前跪了下来。阿辽沙还以为他是因为无力才倒下的，但是完全不是。长老跪下来，在德米特里·费多罗维奇的脚前完全清醒地全身俯伏、一丝不苟地叩了一个头，甚至额角都触到了地。长老的嘴角隐约地挂着一抹无力的微笑。

"请原谅吧，请原谅一切！"他说，向四周的客人们鞠躬。

德米特里·费多罗维奇有一会儿像惊呆了似的站在那里：对他下跪，这是什么意思？最后他忽然喊了一声："唉，我的天！"手捂住脸，从屋里跑了出去。……

文学名著中不乏震撼人心的"下跪"。如李尔王给三女儿考狄利娅的下跪（莎士比亚：《李尔王》）。如曾皓对长子曾文清的下跪（曹禺：《北京人》）

佐西马的下跪与李尔王的下跪、曾皓的下跪不同。

李尔王对考狄利娅下跪，是不堪两个大女儿虐待的老人，痛感先前亏待小女儿的过失。所以下跪之后又对考狄利娅说："你必须原谅我。请你不咎既往，宽赦我的过失；我是个年老糊涂的人。"

曾皓给曾文清下跪，是一个封建家长猛地见到"拿着烟枪走出来"的不肖儿子时痛心疾首的异常表现。曹禺用舞台指示展示了人物的心理状态——

> 曾皓（惊愕得说不出一句话，摇摇晃晃，向文清身边走来，文清吓得后退。逼到八仙桌旁，曾皓突然对文清跪下，痛心地）我给你跪下，你是父亲，我是儿子。我请你再不要抽，我给你磕响头，求你不——

李尔王与考狄利娅是父女关系，曾皓与曾文清是父子关系，两位父亲对自己子女的下跪，情感压倒理智，是家庭悲剧的一个显现。佐西马的下跪出于高度的理性，是这位长老的超人智慧的一个显现，是带有强烈宗教色彩的道德警示。那么，佐西马长老的下跪到底有什么含义？解铃还须系铃人。到长老弥留之际，佐西马对阿辽沙·卡拉马佐夫说出了这个含义："我昨天是向他将要遭遇的大苦难叩头。"因为他昨天好像觉察到了某种可怕的事情，"……就仿佛他（即德米特里·卡拉马佐夫）的整个前途都在他的眼神中显露了出来。他有那样一种眼神，……使我看了心里立刻就为这人正在替他自己酝酿的某种东西吓呆了"。

佐西马是个智者。他先于别人从德米特里·卡拉马佐夫的眼神里发现了"正在替他自己酝酿的某种东西"即"犯罪"的可能，他先于别人意识到卡拉马佐夫父子因银钱和女人而发生的争斗可能导致流血的后果。佐西马是在听到了狂怒的德米

特里·卡拉马佐夫指着厚颜的父亲说了这样一句话后下跪
的——"这样的人活着有什么用！……你们说，还能再让他玷
污大地么？"

佐西马长老从这句话中听出了血腥的吼叫。所以他说他
是向德米特里"将要遭遇的大苦难叩头"。所以关照阿辽沙要
好生照看他这个哥哥："你赶快去找他，明天再去，越快越好，把
一切事情扔下，赶紧去。你也许还来得及阻止住发生什么可怕
的事情。"接下去就是那句我们已经引用的佐西马的话："我昨
天是向他将要遭遇的大苦难叩头。"

《卡拉马佐夫兄弟》是陀思妥耶夫斯基最后一部长篇小说，
也是他最具宗教色彩的一部长篇小说。这多少也与他在构思
创作这篇作品时的一段人生经历有关。

1878 年 5 月 16 日，正当陀思妥耶夫斯基酝酿写作《卡拉马
佐夫兄弟》的时候，他的年仅三岁的爱子阿辽沙突然病亡。为
了驱散悲伤，1878 年 6 月 18 日，陀思妥耶夫斯基在俄国著名哲
人符·索洛维约夫陪同下，离开彼得堡前往奥普庭修道院。这
是一所著名的俄国宗教圣地。果戈理和托尔斯泰都曾经造访
过这个修道院。一路上，陀思妥耶夫斯基对他的同伴说："宗教
作为一种正面的社会理想，应该成为新的小说或新的小说系列
的中心思想。"

1878 年 6 月 29 日，陀思妥耶夫斯基由奥普庭修道院回到彼
得堡，不久，他带着新的体验进入了《卡拉马佐夫兄弟》的紧张
创作。

《卡拉马佐夫兄弟》的宗教思想在小说引自《圣经》的题词里就开宗明义地显露出来了——

> 我实实在在的告诉你们：一粒麦子不落在地里死了，仍旧是一粒；若是死了，就结出许多子粒来。（《约翰福音》第十二章第二十四节）

陀思妥耶夫斯基是把这个宗教思想人物形象化了的，首先，当然是化入了佐西马长老这个人物形象里。佐西马的嘴里也说过类似《约翰福音》里的这句箴言。但重要的是，佐西马长老本身就是个忍辱负重地从事道德教化以期在善土上"结出许多子粒来"的智慧典范。

而佐西马在德米特里·卡拉马佐夫面前"长跪"，也可以视为这样的可以生出善果的"一粒麦子"。后来佐西马还说过这样的话："只需一个小小的子粒，只要他把它播进一个普通老百姓的心里，它决不会死去，而会一辈子活在他的心灵里，在黑暗和他所犯的各种罪孽的污秽中，作为一线光明，作为一种伟大的警戒而潜藏在他的身上。"

这"伟大的警戒"最终还是在卡拉马佐夫兄弟身上"潜藏"起来发挥了作用。到了小说第四部，德米特里被错当杀人犯送上法庭之后，伊凡·卡拉马佐夫经过与"魔鬼"的对话之后，走上法庭向大众忏悔道："杀死父亲的是他（指斯麦尔佳科夫），不是我哥哥。是他杀死的，但是我教他杀的……谁不希望父亲死呢？"

而德米特里·卡拉马佐夫最后听到法庭关于他有罪的裁决后，"突然站了起来，向前伸出双手，用一种令人心碎的凄惨声音喊道：'我用上帝和他可怕的裁判的名义发誓，我对于父亲的血是无辜的！卡嘉，我现在饶恕你！兄弟们，朋友们，请你们可怜另一个女人！'"

德米特里·卡拉马佐夫呼吁大家可怜的另一个女人，就是格鲁申卡。陀思妥耶夫斯基对他的最后陈述接下去作了这样的评说："他没有说完就放声痛哭起来，这是一种新的，仿佛不是他自己的，完全出乎意料地不知突然从哪发出来的声音。"小说的正文就是在这里结束的。当初狂暴放荡的德米特里·卡拉马佐夫，最终成了可以用上帝的名义发誓的善人。

多余人

杜勃罗留波夫的《什么是奥勃洛莫夫性格？》，是一篇纵论所谓"多余人"的名文。最精彩的论述，是说他们否定了"跟压迫着他们的环境做残酷斗争的必要"之后，"走进了一座郁苍茂密、人所不知的森林里"，他们攀缘上树原本想寻找一条新路，但上树之后，"不再去探索道路，只顾贪吃果子"。

杜勃罗留波夫把"多余人"定性为一群退出战斗的妥协者，这个定性没有错误。不过塑造"多余人"形象的俄国作家对于这些歧路彷徨的"妥协者"给予了更多的同情乃至偏爱。

《罗亭》的尾声，"四处漂泊、历尽艰辛"的罗亭对久别重逢的老友列日涅夫说："有多少次我从孩子般的冲动变成驽马般的麻木……有多少次我像雄鹰般展翅飞翔，搏击长空，到头来却像一只碎了壳的蜗牛爬回原地！"

四处漂泊的"多余人"罗亭走了之后，列日涅夫坐下来给妻子写信。接着是屠格涅夫的一段抒情独白："外面刮起了狂风，它咆哮着，恶狠狠地把玻璃窗摇撼得喤啷直响。漫长的秋夜降临了。在这样的夜晚，一个有避风的屋顶、温暖的墙角的人，是一个幸福的人。但愿上帝保佑无家可归的流浪者吧！"

屠格涅夫要祈求上帝怜悯的就是这个无家可归的"多余人"罗亭。

可以想象屠格涅夫的这句善良的言语曾经怎样地感动过19世纪的俄国读者的心。后来，契诃夫把它借用到了剧本《海鸥》主人公一段最最动人心弦的台词里——"这屋里多好，又暖和，又舒适……听到了吗？外边刮着风。屠格涅夫的书里有这么段话：'在这样的夜晚，一个有避风的屋顶、温暖的墙角的人，是一个幸福的人。'我是海鸥……不，不是。我在说些什么？……屠格涅夫……但愿上帝保佑那些无家可归的流浪者吧……"

为什么要同情"多余人"呢？因为他们从本质上说，是心地善良的好人。屠格涅夫《多余人日记》的最后一页日记是这个"多余人"临死之前对于活着的人的祝福——"我就要死了……活着的人们啊，你们好好生存吧！"

接下去是普希金的四行美丽的诗句——

> 但愿在坟墓入口处，
>
> 青春生命活跃；
>
> 但愿宽厚的大自然，
>
> 永远闪耀美丽。

这几句歌唱青春生命的普希金诗，让人想到普希金的也被称作"多余人"的奥涅金。赫尔岑通过奥涅金对俄国文学中的"多余人"作了与众不同的评述：

> 他样样都做，样样有始无终；他想得越多，做得越少，他二十岁就像个老头，而直到老境却能借助爱情获得青春。他像我们大家一样，总是在期待着什么，因为他不至于糊涂得会相信当今俄国的社会秩序会一成不变……什么也没有到来，而生命却要离去。

赫尔岑把"多余人"平凡化了——"他像我们大家一样"，但也进一步奇异化了，未老先衰，老来得爱（"他二十岁就像个老头，而直到老境却能借助爱情获得青春"）。最后则对他们的"什么也没有到来，而生命却要离去"的悲剧人生表示了同情与惋惜。

人的一切都应该是美丽的

古代希腊人对青春的女性美一定是顶礼膜拜的，所以有维纳斯的雕塑，所以特洛伊城的长老们一看到美丽绝伦的海伦，不仅没有产生"女人是祸水"的联想，反倒承认为这样的美女打一场特洛伊战争是值得的。

19 世纪俄罗斯文学也讴歌女性美，但礼赞的重心已在美的和谐。契诃夫通过《万尼亚舅舅》一个剧中人物把这个审美理想表述得非常清楚："人的一切都应该是美丽的，无论是面孔，还是衣裳，还是心灵，还是思想。"

《战争与和平》中的娜塔莎·罗斯托娃是长得很好看的姑娘，但外貌还是不及大美人艾仑。然而当她们两人同时出现在 1809 年 12 月 31 日的新年舞会上时，托尔斯泰要让读者相信瘦肩的娜塔莎比丰乳的艾仑更加美丽——

娜塔莎脸上随时可以变为绝望或者狂喜、呆滞的表情突然被幸福的、充满感激之情的、稚气的微笑所代替，这一微笑为她的脸增添了光彩。……娜塔莎的舞艺也很高超。她那穿着缎子跳舞鞋的小巧的脚轻快自如地踩着舞步。她的面孔由于幸福的狂喜而容光焕发。她的裸露的颈子和胳臂是瘦削而且不好看的，比起艾仑的肩膀来，她的肩膀瘦削，胸部尚未丰满，手臂纤细；然而艾仑身上仿佛已涂

上了由成千上万双目光组成的胶漆，这种胶漆由肩膀一直
流向她全身。而娜塔莎好像是第一次裸露，如果不是人们
一再说服她这样做是必要的话，她会羞愧得无地自容的。

与娜塔莎共舞的安德烈公爵特别欣赏她的来自内在纯美
的羞怯。"她的美之芳醇已经令他陶醉了：他觉得自己精神复
苏了，变得年轻了……"

托尔斯泰说："正如布口袋里不可能隐藏锥子，文艺作品里
不可能隐瞒作者所爱的对象。"托尔斯泰喜爱从内到外都美的
娜塔莎。即便是在对女性美的讴歌中，也透露着文学的道德
精神。

没有死，只有光

俄国文学里有不少关于"死亡"的精彩篇章。屠格涅夫的
《猎人日记》里有一篇题目就是《死》。写一个农夫在森林里干
重活，被一棵倒下的大树砸成重伤，命在旦夕，便呼吸急迫地留
下最后的遗嘱："我的钱……请交给妻子……扣掉……我欠谁
的钱……"

一个穷苦的农夫在临死时想到要把欠别人的钱还清，以便
清清白白地走进另一个世界。

托尔斯泰的中篇小说《伊里奇之死》，也写了伊里奇这个人
在临死之时的醒悟，这种临死之时的醒悟达到的精神境界的升

华,甚至让人觉得"没有死,只有光"。

俄国作家写人在死亡来临之时的顿悟,写人的精神在临死之时的耀眼的闪现,因此,俄国文学中的"死亡"主题,实际上也是张扬人性和人的精神力量的主题。

高尔基在十月革命后写过不少剧本,其中最出名的是《叶戈尔·布雷乔夫》(1932),此剧的时代背景是 1916 年底到 1917 年 2 月,这段俄国革命前夜的历史时刻。布雷乔夫这个商店伙计出身的资本家,在肝病恶化不久于人世的时刻,突然产生了悔悟,他痛苦地意识到了自己"住错了街","整整三十年和陌生人在一起"。布雷乔夫在临死之前的社会意识的觉醒过程,也是他的先前被扭曲了的人性复归的过程。

肖洛霍夫《静静的顿河》里的三个死亡场景也属于全书的精彩篇章——"丁钩儿"之死、娜妲丽娅之死和阿克西妮娅之死。

绰号为"丁钩儿"的琪莫菲是鞑靼村里坚定地追随红军的人。他死在投奔红军的半途中。后来有了他的小坟,后来有个老头儿在他坟前安了个小神龛。"圣母的悲哀的面容在神龛的三角形木檐底下的黑影里露出了温馨的神情。木檐下面的小门框上用黑色的斯拉夫文写着这样两行字:在混乱和腐化的时代,弟兄们,不要审判自己的亲兄弟。……老头儿走了,但是这个神龛留在草原上了,它用永远伤感的形状刺痛那些徒步或骑马走过的人,在他们心里撩起一种模模糊糊的悲愁。"

肖洛霍夫用对"丁钩儿"之死与死后留下的小坟与小坟前

的神龛的细微描写,用宗教性宽容的词语来悲悼一个过早夭折的青年。

而在写娜姐丽娅之死的时候,小说强调了她临死之前的觉醒:"我从前过的日子,好像是个瞎子,这回我从镇上回来,顺顿河边上走着,当我想到,我快要和这一切告别了,眼睛好像忽然睁开了! 我望望顿河,它的上面是微波,被太阳一照,简直和银子一般,到处都闪着光,用眼睛看着它都感到疼痛。我回转身去,看见——主啊,这是多么美丽啊! 可是我过去却没有注意过它。"

阿克西妮娅死在流亡途中,葛利高里用马刀在野地里挖了个坑, "在清晨的阳光照耀之下,把自己的阿克西妮娅埋葬了",接下去就是一段堪称经典的小说段落了:

他用手掌把小坟堆上的潮湿的黄土使劲拍拍平,在坟墓旁边跪了半天,低着脑袋,轻轻地摇晃着。

现在他再也没有什么忙着的必要了。一切都完了。

在早风的蒙蒙雾气中,太阳升到断崖的上空来了。太阳的光芒照得葛利高里的没戴帽子的头上密密的白发闪着银光,从苍白色的、因为一动不动而显得很可怕的脸上滑过。他好像是从一场噩梦中醒了过来,抬起脑袋,看见自己头顶上是一片黑色的天空和一轮耀眼的、黑色的太阳。

阿克西妮娅是在乱枪中饮弹猝死的,连哼都没哼一声,便倒在了葛利高里的怀抱里。但阿克西妮娅的死使得葛利高里"好像是从一场噩梦中醒了过来"。他最终丢掉武器返回家园的决断,是从阿克西妮娅死后看见自己头顶"一轮耀眼的黑色的太阳"之后作出的。

瓦西里耶夫的小说《这里的黎明静悄悄》(1969)把五个女兵的死亡写得多么美丽而神圣。热尼娅"才十九岁啊,就要死去,这是多么愚蠢,多么不近情理,又是多么的不可信啊"。她负伤之后还不停地向敌人射击,死后还保留着"高傲而美丽的面庞"。而最后一个死去的丽达,在临死之前对痛苦不堪的准尉瓦斯柯夫说出了最理性的豪言壮语:"不必这样,祖国的疆界可不是打运河才开始的。完全不是。我们是在保卫祖国。首先是祖国,而后才是运河。"

舒克申的小说《红莓》(1973)以小说主人公叶戈尔的死作结尾。作者对于这个误入歧途的普通人的怜悯与同情也集中表现在这一段对于他的死亡的描写上:

> 叶戈尔静静地从对面走来,一只手捂着肚子,另一只手扶住一棵棵白桦树……扶过的白桦树上留下了鲜红的血迹……"钱……"叶戈尔用尽最后力气说,"在我上衣里……你和妈妈分……"一滴泪珠从叶戈尔紧闭的眼皮下滚了下来,颤动着,挂在他耳边,最后滴下,落在草地上。叶戈尔死了。他躺在那儿。这个俄罗斯农民,他躺在家乡

的原野上，躺在离家不远的地方……他躺在那儿，脸颊挨着地，仿佛在听着什么，听着只有他一个人才能听到的声音，就像他在童年时紧贴着电线杆一样。柳芭扑在他怀里，低声地、凄惨地哀号着。

叶戈尔这个俄国农民，像屠格涅夫笔下的那个俄国农民一样，在临死之时，想到了"钱"。一个是想到要把欠别人的债还清，一个是想到要最后的尽尽人子的孝心。他们都在死亡的时候，灵魂突然大放光辉。

悔　悟

俄国 19 世纪的两大诗人普希金和莱蒙托夫，都死于决斗。在决斗中打死普希金和莱蒙托夫的是丹丁斯和马尔丁诺夫。

马尔丁诺夫后来悔悟了。临终前他遗嘱不要为自己的坟墓立碑。

丹丁斯一直没有悔悟。他坚持说"除了接受决斗，别无选择"。

人们可以多少原谅悔悟了的马尔丁诺夫，但不能原谅置诗人于死地而后快的丹丁斯。

19 世纪的俄国大作家重视道德感化，用心灵的眼睛注视着悔悟迸发出的道德火花。

托尔斯泰崇拜写《忏悔录》的卢梭。他在十五岁的时候，脖子上挂着卢梭纪念像。差不多十五岁的时候，当他第一次从老祖母的房里"忏悔"了自己的"罪过"出来，便"感到十分幸福……成为了一个新人"（《童年·少年·青年》）。托尔斯泰这本带有自传性质的三部曲里，最引人注目的章节可能就是《忏悔》了。

托尔斯泰的长篇小说《复活》也写了聂赫留道夫的"悔悟"。他知道自己在玛斯洛娃面前有罪过，他悔悟了，跟着玛斯洛娃颠簸在漫漫流放路上。不管玛斯洛娃是否接受他的悔悟，悔悟了的聂赫留道夫终归是"复活"了的，因为"对于聂赫留道夫来说，从这个夜晚起，一个全新的生活开始了……"小说就是这样结尾的。

还有《罪与罚》。陀思妥耶夫斯基的这部小说，既写了"罪"也写了"罚"，还写了"悔悟"。

拉斯科尔尼科夫试图用血腥手段（杀死放债的老太婆）实现自己的个人主义理想，这是"罪"。结果呢？拉斯科尔尼科夫陷入了道德孤立和理想破灭，这是"罚"。

万幸，拉斯科尔尼科夫遇到了至善至美的索尼娅。索尼娅让他去悔悟——"马上去，此刻就去，站在十字街头，吻你所玷污的大地，然后俯伏在全世界人的面前，向所有的人大声说'我是凶手'，那么上帝又会赐你生命了。"

靠了爱情，靠了悔悟，拉斯科尔尼科夫也"复活"了。

上世纪 80 年代俄罗斯有一部非常有名的具有历史反思内涵的电影，影片的名字就是《悔悟》。

闪光的眼睛和悲情的烛光

《安娜·卡列尼娜》在中国的影响力不小。很多中国人都知道小说开篇的那句话："幸福的家庭都是相似的，不幸的家庭各有各的不幸。"

但就小说的内在结构而言，紧跟着的一句——"奥布浪斯基家里一切都乱套了"是更加要紧的。正因为莫斯科的"奥布浪斯基家里一切都乱套了"，奥布浪斯基的妹妹安娜·卡列尼娜才匆匆从彼得堡赶到莫斯科，这位小说的女主人公才能在车站邂逅渥伦斯基，才可能发生后来发生的一切，直到安娜最后的卧轨自杀。

《安娜·卡列尼娜》最早的读者群中，也有睿智的契诃夫。蒲宁在回忆录里记录了契诃夫对小说的一句赞叹："您倒是想想，他是这样写的，安娜自己在黑暗中看到了自己的眼睛在闪光！"

契诃夫说的是小说第二部第九章的一个情节。这是安娜第一次下了背弃丈夫与渥伦斯基开始不伦之恋的决心。第一次有了"有罪的喜悦"。这一章的结尾就写到了安娜的眼睛在黑暗中闪光：

"她睁着眼睛，一动不动地躺了很久，她几乎感觉到她可以在黑暗中看见她自己眼睛的光芒。"

记得当年我读到小说的这个段落，也曾为此惊悚。也叹服托尔斯泰的笔力。心想，任何一个电影导演也无法拍出安娜的眼睛在黑暗中的闪光。

我也曾听过一位小说读者说，他最最不能忘怀的是安娜之死。

小说第七部第三十一章完全写安娜之死。我忘不了托尔斯泰笔下的一缕悲情的、含有救赎意味的烛光："那支蜡烛，她曾借着它的烛光浏览过充满了苦难、虚伪、悲哀和罪恶的书籍，比以往更加明亮地闪烁起来，为她照亮了以前笼罩在黑暗中的一切，摇曳起来，开始昏暗下去，永远熄灭了。"

1910 年 11 月 20 日，托尔斯泰去世。作家柯罗连科写了篇悼文，文中有这样一句："俄罗斯是一个贫穷而积弱的国家，但他给世界贡献了托尔斯泰。"这是一句很智慧也很有远见的话。

2007 年春天，一百二十五位欧美作家投票举荐他们最喜欢的十部文学作品，结果托尔斯泰的《安娜·卡列尼娜》名列榜首。

严寒和太阳

——俄罗斯文学中的自然景观

感慨普里什文

普里什文自称是"钉在散文十字架上"的人。毫无疑问，他将永恒地留存在这个光荣的十字架上了。这位性格狷介、从来不写趋时应景文章的俄国作家有言在先："如果谁更多地思考永恒，谁将写出永恒的作品。"

"永恒"在哪里？在大自然里。于是普里什文躲开世俗的尘网、人事的纷扰、市井的喧闹，走出大都会，投身大自然，让双脚踩上萋萋芳草，两耳凝听泉水淙淙，与森林日日照面，相看两不厌：借助与大自然的交感共鸣，在人生中体察自然的规律，在自然中体验人生的真谛。待到"心入于境、神会于物"之后，用极纯净的文字把这种"物我情融"的状态白描出来，使得一篇篇散文诗清新得像是带着朝露。

自然的知识里有诗的深渊。这个道理中国诗人最懂。早春的郊野,远望可见隐隐一抹青痕,但近看脚下一片枯草,不过零星散落几茎绿芽。也是散文大师的韩愈正是从这个微妙的自然常识里提炼出了"草色遥看近却无"的千古名句。

农艺师出身又幽居林中木屋多年的普里什文太知道自然真奇妙了。他知道黄色的百合花什么钟点开,白色的百合花什么钟点开;他知道树林有高层、中层、低层之分,而三个树林层次的不同的声响都"不同凡响",把所有这一切对于自然界的纤细入微的发现描述出来,也每每能接近于"草色遥看近却无"的意趣。

普里什文有三个著名散文集《大自然的日历》《林中水滴》《大地的眼睛》。三个集子一个主题——人与自然。高尔基对普里什文作品的评价极高,说他的作品里洋溢着"自然的乐观主义",而且预言这种"自然的乐观主义,迟早会被人类奉为自己的宗教"。

说起"自然的乐观主义",中国文人也不陌生。大凡经常琢磨人生之短暂、世事之卑琐的先贤,心里都有自己的"自然的乐观主义"在起作用。"念天地之悠悠"的思绪里,也有对"宇宙之无限"的神往,只要大自然存在,人的心灵、希望乃至生命就有寄托。李白怀才不遇,便写诗说"人生在世不称意,明朝散发弄扁舟"。陶渊明把回归田园的自我放逐,看得像"羁鸟恋旧林,池鱼思故渊"那样合理,像"久在樊笼里,复得返自然"那样得意。

读普里什文的作品,也常感受到作者的"复得返自然"的闲适。但这位俄罗斯作家在大自然的怀抱里，每每有像是牵通天机、物我一身之后的生命冲动。他确信，人在自然之外失落的理趣可在自然之中觅得，人的思想可以借助冲天的树干升腾，分娩的女人一半是自然一半是人，人依托自然可以成为"巨人"……

1951年10月8日，普里什文的日记里有这样一段哲理散文诗：

> 我站立着和生长着——我是植物。
>
> 我站立着、生长着和行走着——我是动物。我站立着、生长着、行走着和思索着——我是人。
>
> 我站立着和感受着：大地，整个大地在我的脚下。
>
> 依托这片大地，我升腾：我的头顶上是天空——我的整个天空。
>
> 贝多芬的交响乐开始了，它的主题——整个天空都属于我。

"自然的乐观主义"升华到了这里，像是登峰造极了。

看看天空

在俄国作家中，屠格涅夫擅长景物描写，善于用手中的笔，将天空与大地牵通。

《猎人笔记》里的猎人就曾仰卧大地眺望天空——

> 我（即猎人）……便仰卧了，开始欣赏那些交互错综的树叶在明亮的天空中的和平的游戏。仰卧在树林里向上眺望，是一件非常有趣的事！你似乎觉得你在眺望无底的海，这海广大地扩展在你的"下面"，树木不是从地上升起的，却仿佛是巨大的植物的根，从天上挂下去，垂直地落在这玻璃一般明亮的波浪中……（《美人梅奇河上的卡西央》）

躺在地上观望天空的猎人，分辨不清他身边的树木究竟是"地上升起的"还是"从天上挂下"的。天空与大地在猎人（也是屠格涅夫本人）的幻觉中合二而一了。

接下去，屠格涅夫继续将这种"天地合一"的神秘联系审美化、情绪化——

> 你一动也不动，你眺望着：心中的欢喜、宁静和甘美，是言词所不能形容的。你眺望着：这深沉而纯洁的蔚蓝色天空在你的嘴唇上引起同它一样纯洁的微笑来；一串幸福的回忆徐徐地在心头通过，像云在天空移行一样，又仿佛同云一起移行一样；你只觉得你的眼光愈来愈远，拉着你一同进入那宁静、光明的深渊……

卧地观天，心随云飘，体验地厚天高，这是一种什么样的幸福？屠格涅夫写《猎人笔记》时的心情一定是美好的。

《猎人笔记》于 19 世纪 40 年代写就。50 年代末写《贵族之家》时，屠格涅夫的心境就不那么好了。拉甫列茨基与莉莎的爱情悲剧几乎要让读者憋闷得喘不过气来，但我们最终还是能读到那个如沐春光的"尾声"——

就这样……过去了八年。天空又闪耀幸福的春光，春天又向大地和人微笑。在春光的爱抚下，万物又要开花、相爱、歌唱。

高高的天空，暖暖的春光，像八年的时间一样，能多少抚平心灵的创伤。屠格涅夫的人道主义里浮现着天空投向大地的神秘笑意。

屠格涅夫暮年多病，常有感伤情怀。这样灰暗的心绪每每流露在七八十年代的散文诗中。如《我夜里起来》——

天空没有星光，大地没有灯光，那儿寂寞、烦闷……
就如同这里，如同在我心中。

心里寂寞、烦闷，是因为天空无星、大地无灯；是因为无星的天空与无灯的大地一时失明、失聪，以至于天空与大地难以相通。屠格涅夫的悲观主义里隐藏着自然的神秘主义。

　　然而乐观也罢,悲观也罢,屠格涅夫都会"退回自然",心系大地与天空。即便现实的天空没有星光,天空毕竟还是天空;即便现实的大地污秽得成了一摊烂泥,这位俄国作家也要忠告读者说:"亲爱的朋友,请坐在烂泥里看看天空。"

我来到这个世界是为了看见太阳

　　北京有家基辅餐厅,墙上贴着"基辅罗斯"的金字招牌,这可是俄罗斯的源头和根!俄罗斯大地上出现的第一座城市是基辅,"基辅罗斯"便是俄罗斯历史实体的最早称谓。

　　在一千多年前,如今称为俄罗斯的广袤土地上,生活着一个最大的族群——斯拉夫人。俄罗斯大地的先民们相信世上有两个上帝:一个是光明的上帝,一个是黑暗的上帝。光明的上帝善良,主宰着白天;黑暗的上帝凶恶,主宰着黑夜。这样,天长日久,俄罗斯的先民这种对于太阳的信仰,也积淀在世世代代的民族文化审美心理之中。

　　俄罗斯的第一部文学经典是 12 世纪的长诗《伊戈尔远征记》。伊戈尔远征失败之后,他妻子雅罗斯拉芙娜的一段哭诉,便是全诗的点睛之笔。雅罗斯拉芙娜恳求太阳帮助她丈夫得救回家,因为她相信:"光辉的太阳,能给每个人带来温暖。"

　　俄罗斯的第一诗人普希金也是俄罗斯的太阳的歌手。他在一首题名《饮酒歌》(1825)的诗里,把太阳、诗神与理智放到一起来颂扬,与此同时他诅咒黑暗——

> 缪斯万岁！理智万岁！
>
> 太阳万岁！黑暗万死！

我们在普希金的诗句里听到了俄罗斯灵魂的声声呐喊。

19 世纪还有一位名叫费特的诗人，也写了一首有名的歌唱太阳的诗——

> 我来向你报喜，
>
> 告诉你说太阳已经升起，
>
> 它正在用火热的光线，
>
> 在树叶上跳跃。

托尔斯泰很欣赏费特，说他拥有"只有大诗人才具有的抒情的孟浪"。太阳"用火热的光线在树叶上跳跃"，大概就是这种"抒情的孟浪"吧。

我用俄语读到的第一首普希金诗作是《冬天的早晨》（1829）。这首诗的开头一句明白如话："严寒和太阳，多么美妙的日子！"但我真正领悟"严寒和太阳"的美妙，是 1957 年在俄罗斯度过了头一个冬天之后。那年寒假我到莫斯科郊外一个名叫"旅行家"的疗养院休假，遇到一个阳光璀璨的冬日，一早走出户外，只见周遭的白雪都在闪闪发光，便情不自禁地朗读起来："严寒和太阳，多么美妙的日子！……"

俄罗斯的冬天常常飘雪，天灰蒙蒙的，人在阴霾中待久了，心里自然会渴望见到太阳。当有一个诗人用一句诗说出了俄罗斯人的这一渴望,他就注定会在俄罗斯诗歌史上占有一席之地。

　　这个诗人叫巴尔蒙特,是个现代派诗人。他有两首歌唱太阳的诗。一首叫《我们像太阳》(1902),一首叫《我来到这世界是为了看见太阳》(1903)。这第二首是他最有名的诗作,它这样开头——

　　　　我来到这世界是为了看见太阳

　　　　和蓝天。

　　　　我来到这世界是为了看见太阳

　　　　和高山。

　　爱伦堡在《人·岁月·生活》中专章写到巴尔蒙特,说他自己当年开始写诗的时候,“曾希望见到那个写下了‘我来到这世界是为了看见太阳’的人”。

　　20 世纪初,巴尔蒙特在俄国头顶天才诗人的桂冠。十年之后,一场空前的革命风暴向他逼近,原本以为仅仅是一阵和风吹来的诗人乱了方寸,1920 年巴尔蒙特流亡国外,1942 年 12 月 24 日,诗人在孤独中客死巴黎。

我爱五月的雷雨

斯拉夫民族的先民不仅歌颂太阳，也歌颂雷电。因为他们有个发现，雷电有时比太阳还要强有力，黑夜能吞没太阳，却无法阻挡电闪雷鸣。太阳能温煦大地，雷电更能惊醒大地，让自然界的万物复苏。19 世纪诗人丘特切夫的《春雷》(1828)就是俄国文学史上一篇有名的雷电颂歌——

> 青春的雷声隆隆响起，
> 雨下起来了，尘埃飞走了。
> 珍珠般晶莹的雨帘挂下来了，
> 闪耀着太阳的金光。
> 水流从山上泻下，
> 鸟声从林中传出。
> 林中的鸟鸣，山上的水声——
> 与雷声发出共鸣。

丘特切夫是把雷电作为一个为新生命催生的自然力的象征来歌颂的。春雷一响，把山唤醒了——"水流从山上泻下"，把树林唤醒了——"鸟声从林中传出"。诗歌的最后一节把希腊神话中的青春女神赫柏和雷神宙斯请了出来——

> 这是浪漫的赫柏，
>
> 正在哺育宙斯的天鹰，
>
> 笑着把酒杯倾倒，
>
> 雷鸣般地洒向了人间。

雷电的另一位歌手是亚历山大·奥斯特洛夫斯基，他有俄罗斯民族戏剧之父的美称。2006年3月，莫斯科小剧院在北京演出了他的《智者千虑，必有一失》。但奥斯特洛夫斯基的最有名的戏剧代表作还是悲剧《大雷雨》（1860）。

雷电是《大雷雨》中一个重要的精神性音响背景。雷电在第一幕里还仅仅隐约可闻，到第四幕结尾处便雷电大作了。剧中有一个最有智慧的人物，叫库雷根，也是一位雷电的歌者，他说，当雷雨来临的时候，"每一根草儿，每一朵花儿都在欣喜"。

悲剧女主人公卡捷琳娜也正是在电闪雷鸣中，找到了以死抗争的最大决心和力量。她纵身一跃，跳入伏尔加河的万顷波涛之中，她本身便像一道刺破夜空的闪电，评论家杜勃罗留波夫便把卡捷琳娜称赞为"黑暗王国里的一线光明"。

人之将死，其言也美。卡捷琳娜的与生命诀别的台词说得像诗一样美——"在坟墓里更好……太阳照暖着它，雨水浇淋着它，春天的花儿覆盖着它，鸟儿飞上树枝，歌唱……"

在某种意义上说，奥斯特洛夫斯基的《大雷雨》与丘特切夫的《春雷》产生了共鸣。

白桦礼赞

说起俄罗斯，就能联想到白桦树；说到白桦树，就能联想到俄罗斯。

白桦的确是俄罗斯的一个标志性的树种。有成片的白桦林，也有孤零零地生长在原野上的一两棵。有一次我驱车在俄罗斯的田野上，就看到有两棵白桦肩并肩地站着，立刻想到莱蒙托夫《祖国》一诗中的名句——

还有黄色田野的小丘上
那两棵泛着白光的白桦。

在诗人的意识中，他的俄罗斯祖国好像是从长在俄罗斯田野上的白桦树开始的。

写过"白桦礼赞"的俄国诗人很多。自命"最后一个乡村诗人"的叶赛宁的不少诗里都有白桦的倩影。如——

我多么想用身体拥抱
白桦的袒露的乳房。

（《我踏着初雪独行》）

我是最后一个乡村诗人，

......

站在落叶纷纷的白桦树间。

（《我是最后一个乡村诗人》）

叶赛宁还有一首题名《白桦》（1913）的诗——

白色的白桦

生长在我的窗下，

白雪覆盖着它，

像是白银包裹着它。

......

俄罗斯有一个在国内外最负盛名的舞蹈团——"小白桦"舞蹈团。这个于1948年建团的舞蹈团的招牌节目就是"小白桦"少女轮舞。当十六位亭亭玉立的少女，手执白桦树枝，唱着"在田野上立着一棵小白桦树"的歌儿，迈着轻盈飘逸的舞步向观众走来的时候，观众被这流动着的美陶醉了。人们仿佛在这个舞蹈里，看到了俄罗斯文化精神的精华浓缩，那就是诗情与高贵，或者说是美与善的融合。

白桦有时在俄罗斯艺术家的创作中，也成为一种最为惊心动魄的悲剧性表现的载体。凡是看过由舒克申编剧、导演、主演的电影《红莓》，一定会被影片结尾的悲剧性场景所震撼——想脱离罪恶走向光明的叶戈尔最后被罪恶的黑帮杀死在白桦林中。电影剧本是这样描写的——

> 叶戈尔静静地从对面走来,一只手捂着肚子,另一只手扶住一棵棵白桦树⋯⋯扶过的白桦树上留下了鲜红的血迹⋯⋯

山峰的思索

是个寒冷的星期六。因为寒冷,潘家园书市比往日冷清,可我居然在这冷清的书市上找到了一本年岁比我长许多的老书——《山中宝藏》,罗基维奇著,1913 年俄罗斯圣彼得堡出版,系第四版,初版距今几近百年的历史。

潘家园的书到了你的手里,常要勾起你关于书的命运的遐想。就拿这本俄文老书来说,书里盖着三枚印章:一枚是俄文德文混用的长方形印章——"格里克斯曼公司。柏林,弗里德里希大街 23 号,电话 2041",另外两枚是俄文的圆形印章,它们分别是"张家口俄国同乡会"和"北平俄国同乡会图书馆"的印章。

可以推断,这本 1913 年在圣彼得堡出版的书,早先是柏林一家俄国人开设的公司的藏书,后来奇迹般地漂洋过海来到了中国的张家口,既而又入藏北平俄国同乡会图书馆,最后又奇迹般地出现在潘家园旧书摊⋯⋯至于从俄国同乡会图书馆到潘家园书市之间的几十年里,这本书还有哪些颠沛流离的故事，我们就不得而知了。

《山中宝藏》，顾名思义，是本讲述矿藏的读物。特别吸引我注意的，倒是书前的那篇序文。我先翻译其中的几段——

地球是位拥有丰富宝藏的老大妈，她像个节俭到了吝啬的主妇，小心翼翼地藏匿着她的宝贝，轻易不肯展示给人类；而人类作为地球的合法子孙，一直想利用这些宝藏，为此花费了不少时间与精力。要知道这些宝藏——铁、铜、金——都是人类急切需要的。于是在地球与人类之间展开了一场持久的、无声的搏斗。这场斗争从久远的蛮荒时代就开始了，地球一步一步地向人类妥协，交出自己的宝藏……在科学的旗帜下，为了满足人类的需求，到处都在热火朝天地进行着这样的战斗。地球节节败退。它的宝藏在被挖掘出来。曾经是地球的奴隶的人类，逐渐变成了它的主宰。

罗基维奇是俄国著名的科学史专家，他"在科学的旗帜下"宣传人类和大自然（地球）发生冲突的不可避免性，而且为"地球一步一步地向人类妥协"，为"人类成了地球的主宰"而自豪。与罗基维奇同时代的另一位俄国科学家米丘林后来把这个观念阐述得更为直露："人类不能等待大自然的恩赐，我们的任务是向它索取！"

罗基维奇在序文中申述的观念，是可以作为现代化初级阶段的 20 世纪初的一种人类思维标本存在的。这样对于"人天对抗"的热切宣扬，也反映了当时人类向往现代化的热切心理。

然而，20 世纪下半叶更加彰显出来的全球生态环境恶化的现实，让人认识到人类和地球迎头碰撞、向大自然过度"索取"的失误。人类的观念从"人天对抗"转向"人天和谐"了。

因此，被罗基维奇在序文中讥为"思想落伍"的莱蒙托夫的那首小诗，反倒放出了先见之明的光彩。这首诗名叫《争论》，是俄国诗人莱蒙托夫 1841 年写就的。他拟人化地写了两座山峰的争论，山峰甲责备山峰乙过于"顺从人类的旨意"，结果被开膛破肚，面目全非，"得到了报应"。山峰乙听了山峰甲的责备之后，想到了世道艰险，便陷入了痛苦的沉思之中。

陷入沉思的当然不是山峰，而是诗人，而是人类。

秋天的时钟

上世纪 60 年代开始关注俄罗斯文学动态的人，大概都熟悉阿赫玛杜琳娜这个名字。她 1962 年出版第一个诗集。到今天已有三十多个诗集问世。评论界认为她是 20 世纪下半叶俄国最重要的诗人之一，有个评论家说："很难找到另一个诗人能像她那样把作为人的'我'融化到诗的元素中去。"

我见过一幅女诗人的肖像画，是一位当代著名画家画的，作于 1980 年，呈现的是她四十三岁时的形象——一头黑发，一袭黑衣，一双大眼睛，宁静而自信。想起她一次接受记者采访时最后说的话:"我希望大家生活得好,我希望女人们都幸福,但不一定要读我的诗。"

然而,俄罗斯的诗集编选者还是乐于向读者推荐阿赫玛杜琳娜的诗歌,尤其是那首《敲响了,秋天的时钟》。诗的头一节是这样的——

敲响了,秋天的时钟,响声比去年更加沉重。一个苹果落到地上,树上有多少苹果,就有多少坠地的声响。

"时钟"就是大自然、造物主,苹果坠地的声响,就意味着这"时钟"的奏鸣。

诗人和物理学家不一样。见到苹果坠地,牛顿发现了万有引力定律,而阿赫玛杜琳娜由此产生了对于苦乐人生的联想。

"一叶落知天下秋",中国诗人见树叶的飘落,感受时令的变异。俄国人好用苹果做比喻。俄谚曰:"苹果落地不会离苹果树很远",相对应的中国谚语是:"有其父必有其子。"苹果落地,树叶飘落,都是诗意的象征。

阿赫玛杜琳娜的诗里又说,今年苹果落地的"响声比去年更加沉重"。这就是有诗人的"作为人的'我'"在起作用。这首诗写于 1973 年,诗人三十六岁,已经到了"惜别青春"的年龄。但诗人的诗是写给世人看的,她试图告诉大家:苹果如人生,一岁一坠落,每一次苹果坠地的声响,宣告你的年轮又增长了一圈,年华又老去了一岁,因此"响声比去年更加沉重",而且明年的"响声"还会比今年更"沉重"。树上有多少苹果？不知道。但人生有涯，人生之树的苹果总有掉尽的一天。

我与阿赫玛杜琳娜是同龄人，因此读这首诗更有与诗人共同体验的激情。苹果，落地的苹果，经过诗人的诗化，启发着我们如何珍惜生命，如何生活得有声有色，使属于自己的那棵树上的苹果的每一次坠落，都"掷地有声"。

无边的森林的摇动

在世界各国的民间文学中，大概都有关于山鬼、水妖一类的传说，但俄罗斯的神话里还有"林妖"，这当然与俄罗斯拥有无比富饶的森林资源有关。

诗人莱蒙托夫去世前不久写了一首无限眷恋故土的诗作《祖国》，说他深深爱着祖国"无边的森林的摇动"。

"无边"与"摇动"虽是普通常语，却是描摹俄罗斯森林的点睛妙语。

诗人冯至1930年9月去德国留学，途经西伯利亚，在火车里写散文《赤塔以西》，便惊讶于俄罗斯森林的辽阔无边——"这伟大的、很少经人道破的、美丽的树林是没有边涯的。"

俄罗斯作家一说到树木，常着眼于它那摇曳多姿的动感。契诃夫《万尼亚舅舅》的剧中人物阿斯特洛夫说："当我栽下一棵白桦树，然后看到它怎样地慢慢变绿，怎样地在风中摇动，我的心就充满着自豪。"

"摇动"是一种生命的律动呀！契诃夫另一部剧作《三姐妹》里的屠森巴赫要去决斗、赴死，他对女友依丽娜说："你看——，这棵树枯干了，但它仍然还和其他的树在一起迎风摇动。因此我以为，如果我死了，那么我也还能以某种方式参与生活。"

涅克拉索夫有一首歌唱俄罗斯森林的名诗《绿色的喧闹》。诗人语出惊人地以"呼喊着走来"的"绿色的喧闹"来形容春到人间——

呼喊着走来了，绿色的喧闹，

绿色的喧闹，春天的喧闹。

还记得小说《这里的黎明静悄悄》里的一个情节吗？那个名叫丽达的女兵在一路小跑的归营途中，在森林里停住了脚步，深情地说了一句："这里的黎明静悄悄。"

丽达听到了鸟儿的鸣叫，听到了树叶的飒飒声，但"绿色的喧闹"是天籁，是"蝉鸣林更幽"式的宁静。我自己就有过这样的体验。

1957 年暑假，我曾有机会在莫斯科近郊的一片森林里宿营了半个月。一个生长在江南水乡、从未在大树林里驻足过的青年，突然要与一片森林朝夕相处，是会生发出许多幻想来的。你定睛凝望一棵大树，会觉得人是可以和树声息相通的。还有就是哪怕是短暂的隔绝嚣尘的快感。只有在密林深处，才知道什么叫"万籁俱寂"。在这不无神秘感的大寂静中,人的心里能萌发一种神圣的情感,似乎在这"无边的森林的摇动"中默然独处的他,既可以近近地与自己的心灵交流,也可以远远地与天上的上帝对晤,一种向善的情怀会油然而生。

涅克拉索夫在《绿色的喧闹》中,就借一首树林里的歌唱道——"残暴的心软了,手里的刀掉了……"

于是我相信,俄罗斯的人道主义不是和俄罗斯森林没有关系的。

说到对于俄罗斯森林的赞颂,就不能不提及列昂诺夫的小说《俄罗斯森林》(1953)。这部小说的主人公是林学教授维赫罗夫。他与同行格拉齐安茨基围绕着森林采伐量的争执,演变成一场真善美与假恶丑的冲突。小说情节紧凑,也有悬念,可读性颇强,但最最让读者难以忘怀的,还是维赫罗夫对于俄罗斯森林的热爱之情与赞美之词。我是在 1976 年唐山地震发生后的抗震棚里读完这部小说的,读的是原文。时值八月,北京的抗震棚里燥热难挨,捧读列昂诺夫的小说,由维赫罗夫教授时不时地把我带入"俄罗斯森林"的清凉世界。

路

读当代作家托卡列娃的小说《骨折》让我更认识到俄罗斯人对"路"这个词有特殊的感情和感觉。

小说女主人公塔吉雅娜因骨折住院,一天,她与两个女友喝酒,酒酣兴起,便唱起一首俄罗斯民歌:"亲爱的小路,你往哪奔跑。……"

接着作者写了一段塔吉雅娜的内心独白。"塔吉雅娜暗想:德国人是绝不会说亲爱的小路的……他头脑里不会有这样的想法。但俄国人会这样说。"

《亲爱的小路,你往哪奔跑》这支歌俄国人都会唱。五十岁以上的中国人,大概有不少听过俄罗斯另一首歌唱"小路"的歌:"一条小路曲曲弯弯细又长,一直通向迷雾的远方……"

1915 年 1 月 31 日,作家阿·托尔斯泰坐火车去第比利斯,在火车里给妻子写信,说"路是个奇异的玩意",说:"我就喜欢窗外那无垠的雪原和贯穿雪原的路……"

对"路"做出最抒情而热烈的赞美的俄国作家是果戈理,在《死魂灵》里我们可以读到这样的抒情插话:"多么奇异的、诱人的、快意的、美妙的意义内涵在这个字眼里——道路!……上帝呀! 你,这条悠长的、悠长的道路,多么美好!"

现在我们大概能明白俄国人为什么对"路"这个字眼情有独钟了。因为俄罗斯辽阔广大,俄罗斯有"悠长的、悠长的道路"。而在悠长的道路上,人可以快意疾驰,不管是坐在火车上还是坐在三驾马车上。所以,果戈理又紧接着补充了一句:"哪一个俄国人不喜欢快马加鞭?"

去看那片白桦林
——俄罗斯文学艺术一瞥

文学的复调

19世纪俄国文学有辩证的复调结构。当契诃夫说他的作品中既没有魔鬼也没有天使的时候，他实际上是在总结一条俄国现实主义文学的审美特征：作家不轻易地对复杂的生活进行裁决。契诃夫的剧本《海鸥》里有两个处于对立状态的剧中人物——作家特里波列夫和作家特里果林。他们有各自的长处与短处。契诃夫欣赏特里波列夫的"新奇"，契诃夫也欣赏特里果林的"老到"。如借用巴赫金的用语，这也是一种文学的复调结构。

巴赫金的复调理论很复杂，应该作专题研究。如果狭义地把它理解为话语分析方法，强调"在陀思妥耶夫斯基小说中，作者讲到主人公，是把他当作在场的、能听到他（作者）的话、并能作答的人"，"复调方法"就可能成为陀思妥耶夫斯基的专利。

如果广义地把它理解为如在《卡拉马佐夫兄弟》中鲜明体现出的"Pro"和"Contra"（"赞成"和"反对"）的双重对立统一，强调"陀思妥耶夫斯基复调的重要之点，恰恰在于不同意识之间发生的事，也就是它们之间的相互作用和相互制约"，"复调方法"就可能如同卢那察尔斯基所说，早在莎士比亚的戏剧中就已存在。

普希金的作品，如《青铜骑士》中，"不同意识之间……的相互作用和相互制约"表现得何等的尖锐。

《青铜骑士》当然是一曲对于彼得大帝业绩的颂歌——"我爱你，彼得大帝的创造，/我爱你，庄严肃穆的景象……彼得大帝的城市，美丽呵，坚强呵/不屈不挠地像俄罗斯一样。"

但《青铜骑士》同样是一曲对于叶夫根尼命运的悲歌。这首长诗最后以叶夫根尼的死亡作结。而小人物叶夫根尼的不幸，也有"青铜骑士"的不可推卸的责任。

《青铜骑士》所展示的"不同意识的"冲突，用俄国文学界的专用词汇，就是"民族性"与"人民性"的冲突；用人类社会的通用语言，就是"大人物"与"小人物"的冲突。俄国散文家普里什文深沉思考过《青铜骑士》的复杂内涵之后，于1947年5月19日的日记中写道："《青铜骑士》中的叶夫根尼在我们心中引起对于那些丰功伟绩的牺牲者们个人命运的怜悯之情。"

普里什文的思考可能接近于普希金创作《青铜骑士》时的思考。托尔斯泰在创作《塞瓦斯托波尔故事》《战争与和平》时，也接近于这个思考。

托尔斯泰在《关于〈战争与和平〉的几句话》里就说到艺术家与历史学家对历史真实的不同立场："历史学家面对真实时，有时有义务把历史人物的全部活动引到赋予这个人物的单一思想之下；艺术家相反，他从这个单一的思想里，发现和自己的任务不相符合，力图理解和表现的不是著名的活动家，而是人。"

"复调"是对"单一思想"的反拨。在《战争与和平》里，一身戎装的军人倒在波罗金诺的战场上，头脑里想的已经不是战争，不是历史，不是拿破仑或库图佐夫，而是自己和自己的亲人。在小说里，"战争"与"和平"也是一组"复调"，而《战争与和平》里最动人的还是"和平"的画面。

1809 年的春天，安德烈公爵去视察由他监护的利阿赞庄园。在乡间的路上，看到"路边上立着一棵橡树……它像一个古老的、严厉的、傲慢的怪物一般站在含笑的桦树中间"，安德烈公爵的"一整串绝望而又愉快得可悲的新思想，随着那棵树在他灵魂中腾起"。

几星期后，安德烈公爵去造访奥特拉德诺耶的伊利亚·罗斯托夫伯爵。在奥特拉德诺耶小住几天，初识娜塔莎，在"他灵魂里突然掀起这样一种与他的全部生活情调相反的青春思想和希望的意外骚动"之后，他启程回家。这就是《战争与和平》第二册第三卷第三章的那个著名的片断——

这已经是六月的开头，在回家的路上，他的车子赶进那给过他非常稀奇难忘的印象的多结节老橡树所在的桦树林。在树林里，马铃响得比六个星期前更加沉闷了，因为这时一切都是茂盛的，多荫的，浓密的，点缀在树林里的小枞树，并不破坏总体的美，却适应了周围的情调，长满带绒毛的娇绿的嫩枝了。……

"是的，跟我意见相投的那棵橡树，就是在这个树林子里，"安德烈公爵想到，"可是在哪里啦？"他又惊疑道，一面向路左边看，于是满怀赞美地看他寻找的那同一棵树，他认不出来了。那棵老橡树，完全变了样子，展开一个暗绿嫩叶的华盖，如狂似醉地站在那里，轻轻地在夕阳的光线中颤抖。这时那些结节的手指，多年的疤痕，旧时的疑惑和忧愁，一切都不见了。透过那坚硬的古老的树皮，以至没有枝子的地方，生出了令人无法相信那棵老树会生得出的嫩叶。

"是的，这就是那棵橡树。"安德烈公爵想到，于是他陡然起了一种欢喜和更新的不可理解的春天感。他一生最好的时刻突然都记了起来。奥斯特里齐和那崇高的天空，他太太那死后的不满意的脸，渡头上的彼耶尔，被夜间的美撩动了的那个少女，那夜间自身和月亮，还有……这一切忽然间涌上心头。

"不，生命在三十一岁上并未过完！"安德烈公爵突然斩钉截铁地说道，"我内心有什么东西，我一个人知道是不够的——人人都应当知道：彼耶尔、那个要飞进天空的少女。人人都应当知道我，这样我才不至于专为我自己活着，与别人完全无关，这样我的生命才可以在他们全体身上反映出来，他们和我可以和谐地活下去。"

这是堪称经典的文学段落。拉克申院士在分析了这个段落之后，笔锋一转，写道：

> 由此难道不能让我们想起普希金《……我又一次来到》一诗中在祖先庄园边的树木？
>
> 一个绿色的家族，在它庇荫下，
>
> 枝叶交攀，像一群孩童。而远处
>
> 站立着它们的一个忧郁的同伴，
>
> 像一个年迈的光棍汉……
>
> 你好，我陌生的青年一代。
>
> 这个生命的枯萎和再生的景象的两次重复，而且两次都与主人公的心灵状态相吻合，所有这一切都是由普希金传递给托尔斯泰的，而且不是作为语境的偶合，而是作为对于自己的艺术机体的同源的诗情体悟……体现着俄罗斯的精神和民族的文化经验。

俄国文学中的"同源的诗情体悟""俄罗斯的精神和民族的文化经验"来自普希金的传递。普希金对于 19 世纪俄国文学的特殊意义就在于此。

别林斯基写了十一篇宏文来评论普希金的创作。快写完最后的第十一篇文章时，别林斯基总结道："他将来会有一天成为俄国的经典诗人，将根据他的创作构建和发展起来的，不单单是审美的而且还有道德的精神……"

这和格里戈利耶夫所说的"普希金，我们的一切"是一致的。

散文与诗

把散文写好了，能达到诗的境界；把散文与诗的关系想透了，能把文学与人生打通。

这启示可能来自托尔斯泰。

托尔斯泰有一次怀着少有的激情问道：

为什么诗与散文、幸福与不幸联系得如此紧密？应该怎么生活？理想中有好于现实的方面，现实中也有好于理想的方面，真正的幸福乃是将这二者结合在一起。

帕乌斯托夫斯基接过托翁的话头发挥说：

在这些尽管是在匆促中道出的话语中包含着正确的思想：文学中最为崇高的现象和真正的幸福，可能仅仅存在于诗与散文的有机结合之中。

这里提供了典型的俄国式的思维方式，或典型的俄罗斯思想。

俄国没有产生康德、黑格尔式的哲学家，俄国人不善作纯粹的抽象思辨，他们把对于人生的认知当作哲学的主要内容，而且让这种对于人生的哲理思考充满文学的趣味与艺术的精神。帕乌斯托夫斯基的不可及处，是在那个思想相对禁锢的年代，能以饱含诗情的散文，把俄罗斯的传统人文精神展示于世人面前。

帕乌斯托夫斯基博古通今，可以旁征博引，但《金蔷薇》最动人的还是那些讲述他自己人生经历的篇章。我不能忘记他在谈及小说《电报》的生活素材时，写到他为梁赞省一位孤老太婆送终的场面——

卡杰琳娜·伊凡诺芙娜凌晨咽的气。只好由我给她合上眼睛。我小心翼翼地按下她那半闭的眼睑，一滴浑浊的泪珠意外地流了下来。应该说，这一情景，我会永世不忘。

如果没有帕乌斯托夫斯基的善良的笔触，孤苦无靠的卡杰琳娜的最后一滴眼泪就白流了。利哈乔夫院士说得对：俄罗斯的善良是闪着泪光的。

还有契诃夫的眼泪。重病缠身的契诃夫常常在夜间暗自落泪。为什么要暗自流泪？帕乌斯托夫斯基解释说：

因为善良，因为坚强，因为高尚，契诃夫掩盖了自己的眼泪和痛苦，为的是不让亲人们的生活暗淡无光，为的是不给周围的人哪怕带来一丝不愉快的阴影。

帕乌斯托夫斯基写《金蔷薇》也尽可能地不给同行带来哪怕一丝不愉快的阴影。只是在写到契诃夫的人道主义时，他忍不住说了这样一句："我们有些文学作品缺乏契诃夫的善良，缺乏他的人道主义……"

马雅可夫斯基的诗

俄国诗人勃洛克去世前不久留下一则日记："得学会朗诵《十二个》，做一个能当众表演的诗人。"

《马雅可夫斯基的复活》一书的作者卡拉勃契夫斯基引证这条材料之后评论道："也就是说，他（指勃洛克）想当马雅可夫斯基。"这位作者认为，当年好多苏联诗人，包括帕斯捷尔纳克在内，都曾想仿效马雅可夫斯基，但都没有成功。卡拉勃契夫斯基在书中还描述了马雅可夫斯基的独一无二的外部魅力："我们是从马雅可夫斯基的外部特征来认识马雅可夫斯基的个性的：个头、额头、眼睛、下巴、挥舞的双手和洪亮的嗓门……让我们注意一个简单的事实，读马雅可夫斯基的诗，我们常常会联想到他的这些外部特征。但读他之前或他之后的任何其他诗人的作品时呢？当然不会有这样的联想。在读其他诗人的诗作时，我们只是偶尔能联想到诗歌作者的外形……"

关于马雅可夫斯基，这位评论家在这部著作中，发表了很多奇特的论点。由此派生出一个问题，却能引起我的兴趣：为什么马雅可夫斯基是无法模仿的？

闭上眼睛，似乎可以想到一些解释。

马雅可夫斯基既有"放开嗓子唱"的热忱，又有即兴表演的才能（他毕竟曾经演过电影和舞台剧）。

马雅可夫斯基重视诗歌的宣传鼓动作用（他不是曾把诗歌形容为"炸弹和旗帜"吗？）。

20世纪50年代在俄罗斯常能听到文学青年有关马雅可夫斯基与叶赛宁谁更好的争论。关于马雅可夫斯基的诗歌，列宁和斯大林的观点就大有差异。斯大林称马雅可夫斯基是"苏维埃时代最优秀的诗人"。但列宁并不太欣赏马雅可夫斯基的诗歌，只是说他的《开会迷》很有现实意义。如果用我们传统的诗歌分类来区分，马雅可夫斯基属于豪放派，叶赛宁属于婉约派。他们两人都善于作诗意的比喻，但味道也大异其趣。马雅可夫斯基最有名的比喻是说诗歌"是炸弹和旗帜"，叶赛宁的名句是——"假如天空是口钟，月亮就是钟的铃舌"。

还可以从他诗歌的艺术特色着眼。

马雅可夫斯基诗歌的比喻丰富。苏联诗人尤利·奥廖莎对此有个夸张性评价："如果要统计马雅可夫斯基的诗歌比喻，就等于要统计他的全部诗句。"他的诗歌比喻不仅丰富而且奇崛，容易一下子抓住听众。试想除了马雅可夫斯基，还有谁能先声夺人地喊出一句："我要像狼一样地吃掉官僚主义！"

马雅可夫斯基的诗歌节奏感强，适于朗诵。他写诗常常在运动状态中进行。有一次他和姐姐在街上相遇，诗人对她"视而不见"。姐姐嗔怪他，他却冲着姐姐说："别干扰我，我在写诗。"

马雅可夫斯基的楼梯式诗歌独步诗坛，导演扎哈罗夫（就是 1987 年到北京来导演《红茵蓝马》的那位导演）在他的著作《多层次交流》中谈到"几何体图形"的能量效应时，便举了马雅可夫斯基楼梯式诗歌图形作例——"你们试试，拆平了马雅可夫斯基的楼梯式诗行将是什么结果！"

对了，如果拆平了马雅可夫斯基的楼梯式诗行，马雅可夫斯基的诗歌就不复存在。

对于那些想模仿马雅可夫斯基的诗人来说，楼梯形纯粹是外加上去的，因此并不是必需的诗行排列图形。而对马雅可夫斯基来说，楼梯式诗是他的诗歌内在能量的储存与释放的形式，这形式本身已经无法与内容剥离。

可以读一读马雅可夫斯基 1927 年写的长诗《好》的结尾，感受一下他的楼梯式诗的独特魅力——

> 生活很美好和奇异。
>
> 活到一百岁我们永不老。
>
> 我们的精神一年一年地增长。
>
> 歌颂你，斧头和诗，青春大地！

勃留索夫的"一句诗"

2013 年秋天,我埋头翻译契诃夫书简,意外地与勃留索夫的"一句诗"相遇。契诃夫 1902 年 10 月 26 日给蒲宁发了张明信片,上边就写了这样一句:"亲爱的让!藏好你一双苍白的脚。"《契诃夫全集》编者作注说:这是勃留索夫的"一句诗"。

原来"一句诗"是指只有一句诗的诗作,也是一种存在于俄罗斯的文体。我查了文学百科书的"一句诗"条目,知道这种"一句诗"是个罕见的诗歌形式。举的例子除了勃留索夫这句外,还有 19 世纪诗人卡拉姆津的一句诗:"可爱的尸骨,请安睡到快乐的早晨。"这"一句诗"有点墓志铭的味道。

勃留索夫是个有强烈革新精神的诗人。他在 1893 年的一篇日记里说:"需要另觅新路,在浓雾中找到启明星,我看到了,它就是现代派。"所以可以理解,他的"一句诗"创作,也是他想"另觅新路"的尝试。但他也发表过为"一句诗"作辩护的另一种说法:"一般来说,诗作,甚至是诗歌大作,也就一两句要紧。"

未来派

19 世纪初俄罗斯有个不大的诗歌团体——未来派。他们的宣言《给世俗的审美趣味一记耳光》发表于 1912 年 12 月。在上边签名的才四个人。其中有马雅可夫斯基和赫列勃尼科夫。马雅可夫斯基大名鼎鼎，我们就说说赫列勃尼科夫。赫列勃尼科夫有句很有名的诗——"自由光着身子走来"。这句诗能引起读者关于自由的种种遐想。赫列勃尼科夫还写过一首我很喜欢的短诗：

> 马死亡时——它们在喘息，
> 草死亡时——它们在枯萎，
> 太阳死亡时——它们在熄灭，
> 人死亡时——他们在歌唱。

短短四行，竟有如此气象！而且也可融入俄罗斯诗文的人道主义大潮。

智者千虑，必有一失

奥斯特洛夫斯基的戏剧与中国有很深的历史渊源。在新中国成立之前，中国演出次数最多的外国戏可能就是他的悲剧名作——《大雷雨》。

新中国成立以后，中国戏剧家把敏锐的目光投向了他的喜剧《智者千虑，必有一失》。北京人艺于 1962 年、1990 年两度把此剧搬上了舞台。"改革"一词现在风行全球，而在世界戏剧史上，第一次直接涉及"改革"话题的戏剧作品，便是《智者千虑，必有一失》。

　　此剧一个潜在的时代背景是 1861 年俄罗斯推行的所谓"废除农奴制"的社会改革运动。奥斯特洛夫斯基亲眼看见这一场并没有改变社会体制于万一的"改革"竟然遭到了顽固势力的反对。于是他塑造了一个前所未有的艺术典型——克鲁季茨基将军。剧中有一场非常精彩的戏，便是这位自命"智者"的老顽固宣讲他的"一切改革皆有害"的条陈。他断定一切改革都会鼓励自由思想，等于是号召大家怀疑那些不容置疑的老规矩。

　　《智者千虑，必有一失》的喜剧性，恰恰在于揭示了这个矛盾：剧中表现的一个个支撑着这个腐朽的社会门面的"智者"，实际上都是愚不可及的蠢货。

　　《智》剧写于 1868 年，这之前有两件事情刺激了奥斯特洛夫斯基的创作情绪。1866 年 4 月 4 日，沙皇亚历山大二世遭遇未遂暗杀，掀起向民主势力反扑的反动逆流。1867 年 3 月 6 日，与奥斯特洛夫斯基保持了二十年浪漫史的情人阿加菲娅病逝，剧作家跌进了痛苦深渊。

　　1868 年奥斯特洛夫斯基移居伏尔加河畔的神雷科沃庄园，开始写作《智者千虑，必有一失》。奥斯特洛夫斯基徜徉在美丽的大自然中。他这样描绘伏尔加河畔的夕阳西下："云彩以最典雅的形状聚在西天观望太阳落山，而太阳呢，在告别之际将一抹光华分给云彩。"

　　奥斯特洛夫斯基在五彩缤纷的大自然怀抱向世人揭示社会的光怪陆离。他那时未必能预见，他在国事家事事事揪心的心境下写出的这个剧本，竟会有如此强大的生命力。

心灵的沉思
——俄罗斯文学中对生活的思考

心的宁静

　　托尔斯泰有篇小说,叫《三个死亡》,小说以描写一棵树木的死亡作结:"树全身抖了抖,弯了弯腰,又很快挺直了身子,支撑着自己的根部晃动了几下。瞬刻间,万籁俱寂。然后,树又弯下了腰,又是一声树干断裂的音响,树枝逐渐解体,树冠跌倒在一片潮湿的土地上。"

　　作家后来在解释这篇小说的题旨时,特别说到了这棵树的死亡,他说:"这棵树死得安详、诚实、美丽。美丽是因为不虚伪、不恐惧、不怜惜。"

　　都说托尔斯泰的生死观与老庄可以相通,《三个死亡》可作佐证。读完小说,蓦然想到庄子的《庖丁解牛》。托尔斯泰启发我关注那头被"解"之牛的"安详、诚实"的死亡——"动刀甚微,謋然已解,如土委地"。我忽然觉得,那头牛的"黄土一样地散落在地"（"如土委地"）美丽得像那棵树最后的"绿荫坠地"。

我曾纳闷，这牛在被"解"之时，怎么就不流泪、不呻吟、不挣扎，而听凭庖丁"游刃有余"地"以无厚入有间"呢？现在明白了，就如同那个砍树的俄国农夫与树木一起创造了"美丽的死亡"一样，庖丁与牛也共同创造了一个"美丽的死亡"。庄子和托翁都需要借"美丽的死亡"阐述"美丽"的生死观。

人生一世，捏拳而来，撒手而去，就像庄子说的，"适来，夫子时也，适去，夫子顺也"。人应该认同自然、亲和自然、顺应自然、回归自然，"安时处顺"，视生死为一如。

人不能安排自己的生，却可以顺应自然地设计自己的死。托尔斯泰 1910 年 10 月 28 日的离家出走，是否就是给自己精心设计了十天之后的死亡？而依他遗愿垒成的那座朴素得连墓碑都没有的坟墓，被奥地利作家茨威格誉为"人世间最美丽的坟墓"。

遥想那座坟墓，我禁不住要扪心自问：在这个充满竞争、诱惑、喧闹的时代，应该如何保持内心的宁静？

心的眷恋

1828 年 3 月，普希金在波兰女钢琴家希玛诺芙斯卡娅的纪念册上写下这样的题词："人生诸般享受，胜过音乐的唯有爱情，可爱情本身就是一曲和谐的歌。"

普希金是个"爱情"诗人，但他理解中的"爱情"，其内涵肯定要比我们想象中的要丰富得多。

女诗人茨维塔耶娃在她那本写得凄婉动人的《我的普希金》里,写到普希金给予她的关于"爱情"的启发——

普希金用爱情感染了我,一句话——爱情……女佣从别人家窗台上顺手牵羊地抱来一只棕色的小猫。小猫坐下来打瞌睡,然后在我们家厅堂的棕榈树下整整过了三天,然后走了,再也没回来——这就是爱情。伊凡诺夫娜说,她要离开我们到里加去,以后不再回来——这就是爱情。一个鼓手上战场了,从此一去不复返——这就是爱情……

爱情不一定是肌肤之亲,爱情是心的眷恋。当一个曾经与你相亲相近过的人可能"一去不复返了",这"心的眷恋"会燃烧成什么样的"爱情"之火?!

所以茨维塔耶娃礼赞孕育着爱情之火的"别离"。

茨维塔耶娃六岁读普希金的《致大海》——

再见了,自由的元素!

这是你最后一次在我眼前,

滚动你的蓝色的波浪,

闪耀你的迷人的骄傲。

从此,茨维塔耶娃把"别离"看得甚至比"相会"更有诗意。

这有什么奇怪了?! 若是让我从全剧共五本二十一折的《西厢记》中选出一折来特别加以欣赏,我一定会选写张生和莺莺"十里长亭别"的第四本第三折。

> 碧云天,黄花地,西风紧,北雁南飞。晓来谁染霜林醉? 总是离人泪。
>
> 恨相见得迟,怨归去得疾。柳丝长玉骢难系,恨不倩疏林挂住斜晖……

王实甫把天下最美的词儿汇拢来渲染相爱着的"离人泪"了。

阅读自由

1891 年 10 月 25 日,俄国作家契诃夫在一封信中谈及他重读《战争与和平》时的感受:

> 每天夜里醒来,便读《战争与和平》。读得津津有味,像是第一次读到它。非常之好。只是不喜欢写到拿破仑的那些地方。只要拿破仑一出现,别扭便随之而来,像是在想方设法让人相信此公比他实在的本人更要愚蠢……如果我在安德烈公爵跟前,我就能治好他的伤病。当然,

这不是说我自己的医术有多高明，而是指医学科学有了整体进步。读小说时觉得奇怪，这么一位有钱的公爵，受伤之后有医生日夜照看，又有娜塔莎和索尼娅悉心照料，伤口竟还会生脓、散发恶臭。那时的医学技术多么糟糕！

真羡慕契诃夫。创作，有创作自由；阅读，有阅读自由。津津有味地读了小说之后，还能自由自在地发表感想，觉得哪里好就说好，觉得哪里不好就说不好，并不顾及他面对的是托尔斯泰。20 世纪的学人或读者初读或重读《战争与和平》，怕是不会有这样自由的阅读心态了。差异在哪儿？在平视与仰视的不同。在契诃夫眼里，是一部同时代人写的小说，而在后人眼里，则是一部由 19 世纪大文豪写的经典。阅读的自由空间就是在对于名著的种种"顶礼膜拜"与"先入之见"中耗损的。而且读同时代人的作品总有一种后人无法获得的新鲜感与亲近感。试想，今天的红学家研读《红楼梦》能有当年脂砚斋披阅《石头记》时的那份痛感与快感吗？因为正如俞平伯先生所言："脂砚斋似与作者同时，故每抚今追昔若不胜情。"阅读自由也包括"抚今追昔"的感情参与。

契诃夫读《战争与和平》，也有点"抚今追昔若不胜情"的样子。所以能产生"如果我在安德烈公爵跟前，我就能治好他的伤病"这样浪漫的"参与"意识。契诃夫医生出身，他有资格调侃《战争与和平》反映出来的 19 世纪初叶俄国的"医学技术多么糟糕"。有位叫吴玉堂的清儒说："世上有名病，无名医；有真病,无真药。"这句很沉重的中国式的戏言,也似可参悟 1812 年俄国的医学水平。《战争与和平》第四卷第十四章写娜塔莎向玛丽公爵小姐陈述安德烈病情恶化的经过,说:"他们到达亚洛斯拉夫尔的时候,伤口开始生脓,据医生说,生脓的过程可能是正常的。"我想,契诃夫读到这里一定会自言自语地说:要是我在安德烈跟前,这"生脓的过程"不可能发生!

医学在不断进步。拿今天的眼光看,契诃夫生活的 19 世纪末叶也不是个医学先进的时代。契诃夫只活了四十四岁。他死于肺结核。对于那个没有青霉素的时代,肺结核也是"有真病,无真药"的绝症。可以想象,今天任何一个称职的内科大夫,看过契诃夫的病历之后,大概都会说:"如果我在契诃夫跟前,我就能治好他的肺病。"

青春生命活跃

人长得丑,何以解嘲或解忧? 歌手给我们唱歌:"我很丑,可是我很温柔。"

普希金长得也丑,普希金也很温柔。不过他宁肯伴着青春为"丑"一辩:"我长得很丑,但我也年轻过。"

这句给"也年轻过"的人带来温存的隽语,是诗人在乡居的落寞中说给娇妻听的。那天是 1835 年 9 月 25 日。

也在那个金秋季节,也在那条乡间小道,诗人对着三棵刚刚茁壮起来的新松,喊了一声"你好,我陌生的青年一代"。

羁人多感，天涯易秋，诗人这句亲切的问好，也如松间的风，触之成声、成韵、成诗，成自然天籁，化为因树及人的青春礼赞。

普希金是青春的歌手。即便面对死神，他也心系青春——

　　　但愿在坟墓入口处，

　　　青春生命活跃；

　　　但愿宽厚的大自然，

　　　永远闪耀美丽。

我从未感觉普希金长得丑，我在他的诗里，总能感触到"青春生命活跃"。

坚持生命

托尔斯泰也是立过书面遗嘱的，那是遗嘱在他死后手稿由谁来整理、版权归谁拥有。大文豪留下的更庄重的遗嘱，是他的遗作。

俄国诗人勃洛克把托尔斯泰出版于 19 世纪最后一年的长篇小说《复活》，称为代表"逝去的世纪对新世纪的遗嘱"。

俄国学者拉克申把托尔斯泰去世之后两年出版的中篇小说《哈泽·穆拉特》看成是"托尔斯泰的艺术的遗嘱"。

《复活》和《哈泽·穆拉特》的开篇特别重要，可以说它们传达出了托尔斯泰想通过这两本书表达的主旨。

托尔斯泰不是个喜欢景物描写的作家，这两部小说却偏偏都是以景物描写开始的。

《复活》开篇写春景，写大自然的生命力：春光一到，即使"在石板缝里"青草也照样生长。托翁站在世纪之交的门槛前告诉世人：春光是任何力量也阻挡不住的。

《哈泽·穆拉特》先在读者眼前展现一片夏末秋初的田野，同样是写大自然的生命力：一棵牛蒡花尽管被人摧残过，被车轮压迫过，"但仍然向上挺着……决不低头"。

1896 年 7 月 19 日的日记里，托尔斯泰记下了他写《哈泽·穆拉特》的初衷："想写。坚持生命到最后，整个战场上就剩下一个人了，但坚持住了。"

小说的结尾与这个"坚持生命"的开篇作了诗意的呼应——"在射击的时候沉默了的夜莺，又歌唱起来，先是一只在近处啼叫，然后是另外几只在远远的林边也跟着啼叫起来。"

智慧的痛苦

19 世纪俄国的戏剧评论很繁荣。写剧评的不单是评论家，作家也写。格里鲍耶陀夫的名剧《智慧的痛苦》的最精彩的剧评，就是小说家冈察洛夫写的那篇《万般苦恼》。

《万般苦恼》发表于《智慧的痛苦》问世之后四十八年。近半个世纪的时间考验，使得冈察洛夫可以在文章里预言剧本的不朽,而行文又是那样的别致——

　　这个剧本像个百岁老人,在他周围的一切都在相继死亡与衰败,而他健步走在老者的坟墓与新人的摇篮之间,青春焕发,谁也不会想到他也会有死去的一天。

　　为什么《智慧的痛苦》会不朽? 因为它的戏剧主人公怯茨基将永存——"怯茨基在每一个时代转型时期都必然出现"。为什么怯茨基将永存? 因为怯茨基式的"智慧的痛苦"将永恒。怯茨基的"痛苦"来自他的高出众人一头的"智慧",庸人世界容不得在精神力量上高出他们一大截的"怯茨基"们。因此,"智慧的痛苦"是超越时间与空间的人生困顿。

　　莎士比亚笔下的哈姆雷特的痛苦难道不也是"智慧的痛苦"? 世界戏剧史上少有像哈姆雷特那样于思考中显示智慧的戏剧人物。他的最著名的台词——"存在还是毁灭,这是一个需要思考的问题……"便突出了这位丹麦王子的耽于思考的天性。思考给人带来认知的欢愉,但"智慧的痛苦"也随之而来——

　　"这是一个颠倒混乱的时代,唉,倒霉的我却要负起重整乾坤的责任!"

　　太史公马迁的《屈原列传》把屈原的"痛苦"描写得十分

形象——

> 屈原至于江滨,披行发吟泽畔,颜色憔悴,形容枯槁。

后世画家根据司马迁的这段文字,创作了数不胜数的"屈原行吟图"。但司马迁《屈原列传》最露思想光辉的是紧接下来屈原与渔父的一问一答——

> 渔父见而问之曰:"子非三闾大夫欤?何故而至此?"屈原曰:"举世混浊而我独清,众人皆醉而我独醒,是以见放。"

屈原的"痛苦"也来源于"众醉独醒"的"智慧"。

异样的爱

按照别林斯基的看法,《童僧》里的主人公是诗人莱蒙托夫"自己个性影子在诗歌中的反映",童僧的生活目标只有一个:逃脱窒息人的僧院,飞向——

> 激动与战斗的奇异的世界,
> 在那里山峰高耸的云层里,
> 人们像苍鹰般自由而自在。

266

莱蒙托夫就是这样一个天马行空式的性格诗人，追求个性
自由以及对于这种追求的富于个性的诗意表达，构成了莱蒙托
夫诗歌的动情力。

所以我们特别容易记住《帆》的最后一节诗——

> 在他的下边是碧蓝的流水，
> 在他的上边是金黄的太阳，
> 而他，不安分的，祈求风暴，
> 好像在风暴中倒有安宁！

所以我们不会忘记他说的："不，我不是拜伦，我是另外一
个人……我爱祖国，但用的是异样的爱……"

莱蒙托夫留给世界的最后一首诗，表达的也是一种异样
的爱——

> 不是，我这样热爱着的并不是你，
> 你美丽的容颜也打动不了我的心；
> 我是在你身上爱着我往昔的痛苦，
> 还有那我的早已经消逝了的青春。
> ……

这是莱蒙托夫的一首率直得让人吃惊的诗。可以这样想
象一下：诗人面前坐着一位姑娘，他们是在谈情说爱，而诗人在

心里却对姑娘说，"我这样热爱着的并不是你"。但你会因此不喜欢这个"在你的面貌上寻找着另一副容颜，在活的嘴唇上寻找已沉默的嘴唇"的诗人吗？不会的，象征派诗人巴尔蒙特在《致莱蒙托夫》一诗中承认，他之所以特别喜欢莱蒙托夫，就因为他有一种"非人的情怀"。

闲散的生活是不干净的

舞蹈家资华筠的《华筠散文》一书中有篇《与女儿一席谈》。说母亲当年曾用契诃夫的一句话对她进行人格启蒙，结果让她终身受益。契诃夫的一句话是："闲散的生活是不纯洁的。"

这样的话，至少能在契诃夫的两个作品里找到：

一、剧本《万尼亚舅舅》第二幕有一段阿斯特洛夫医生评价美女叶莲娜的台词：

人身上的一切都应该美丽的，无论是面孔，还是衣裳，还是心灵，还是思想。她很漂亮，这不假，但……要知道她只是吃饭、睡觉、散步，用自己的美貌来迷惑我们……难道不是这样？而闲散的生活不可能是干净的。

二、1903年发表的《未婚妻》，是契诃夫写的最后一篇小说，它写了一个名叫娜嘉的少女，在进步青年萨沙启发下的青春觉醒，而萨沙让她猛醒的一句话，也正是"闲散的生活是不干净的"：

　　我亲爱的，应该好好想想，应该明白，你们这种闲散的
生活是多么的不干净，多么的不道德。

　　最后，娜嘉终于走出狭窄的家庭，走向了新的天地。契诃
夫用这样一段结束小说的文字，为娜嘉祝福："这时在她面前现
出一种辽阔的新生活，那种生活虽然还朦朦胧胧，充满神秘，都
在吸引她，召唤她。"

后　记

——走近契诃夫

　　上世纪 90 年代，"学术散文"在中国渐成气候，我便也写起了这样的散文来。1996 年，我的第一部散文集《惜别樱桃园》问世。它的第一篇文章《秋天的诗意》就是一篇向普希金致敬的"学术散文"，而且还点明了此文写作的日期，以及那个时刻的精神状态。这部散文集当然是我写作生涯中一篇值得追忆的集子。它记载了我是怎样在这条漫长的散文写作道路上起步的，是怎样开始用散文随笔的方式讲述俄罗斯作家、俄罗斯文学，还有更重要的，讲述和研究契诃夫的。

　　起先，牵着我的手，走向契诃夫的，是拉克申老师。

　　那是 1959 年，我在莫斯科大学文学系读三年级，写了篇学年论文《论契诃夫戏剧的现实主义象征》。

　　论文讲评会开过后，拉克申老师把我留住，说："童，我给你论文打'优秀'，并不是因为你是中国人。我希望你今后不要放弃对于契诃夫和戏剧的兴趣。"

　　学生听了老师的话，从而一劳永逸地决定了我日后安身立命的职业方向——研究契诃夫和戏剧。

一

　　领着我走向契诃夫的，就拉克申老师一个人；而后来帮助我走近契诃夫的人就很多了，其中就有于是之老师。

　　作家爱伦堡1960年出版了一本叫《重读契诃夫》的书，他说契诃夫简洁的文风与他谦虚的品格有直接的关系。我将信将疑。认识了于是之老师之后，才相信了人的简洁的文风与谦虚的品格之间的血肉联系。作家高尔基在《论契诃夫》中写道："我觉得，每一个来到安东·契诃夫身边的人，会不由自主地感到自己希望变得更单纯，更真实，更是他自己……"

　　我早就读过高尔基的这段话，我也相信会是这样的，特别是在我结识了于是之老师之后。2014年1月18日，《作家文摘》在首都图书馆召开于是之逝世一周年追思会，我在发言中几乎重复了高尔基的这一段话，只是把"安东·契诃夫"改成了"于是之老师"。

　　于是之帮助我更好地认识了契诃夫。

二

　　爱伦堡的《重读契诃夫》煞尾一句是："谢谢你，安东·巴甫洛维奇。"多么简单的一句话，但饱含着多少深情。我一直想效仿爱伦堡,在公开的文字里向契诃夫说几句温情的话。这个机会终于来了,1995 年我写了第一篇关于契诃夫的散文《惜别樱桃园》,文章最后是这样写的:

> 谢谢契诃夫。他的《樱桃园》同时给予我们的心灵的震动与慰藉,他让我们知道,哪怕是朦朦胧胧地知道,为什么站在新世纪门槛前的我们,心中会有这种甜蜜与苦涩同在的复杂感受,他启发我们这些即将进入 21 世纪的人,要懂得多情善感,要懂得在复杂的、热乎乎的感情世界中徜徉,要懂得惜别"樱桃园"。

1890 年 6 月 27 日,契诃夫在去萨哈林岛途中,乘船漂流到黑龙江上。他先在俄国边城布拉格维申斯走下船小憩,然后又登船来到中国边城瑷珲稍作逗留。1998 年 7 月 30 日,我也有机会坐船从黑河漂流到了瑷珲城。一路上同船的朋友都在谈笑风生,独有我一个人默默地坐在甲板上,脑子里想的全是契诃夫。回京后写了篇文章,文章最后说:"我努力让自己相信,这一个半小时的江上航行,是我忙忙碌碌的生命里难得的呼吸自由的时刻,我也努力寻觅契诃夫一百零八年前见过的'数不清的长喙的精灵'。可惜,只有可数的几只水鸟飞来追逐轮船激起的浪花,与我们相伴在黑龙江上。"

三

有个俄罗斯演员非常喜爱契诃夫,他说了这样一句话:"契诃夫留下的不仅是二十卷文集,还有两所学校和一片森林。"我欣赏他这句话。"两所学校"是指契诃夫出资赞助兴建的两所农村小学,"一片森林"是指契诃夫本人锲而不舍地在自己的庄园里手栽的一片树林。

我在一篇题为《有精神谓之富》的散文中,曾思考过契诃夫植树的精神价值:

> 我想引用俄国作家契诃夫的一句话:"当我走过那些被我从伐木的斧头下救出的农村的森林,或者当我听到由我栽种的幼林发出美妙的音响的时候,我便意识到,气候似乎也多少受到我的支配,而如果一千年之后人们将会幸福,那么这幸福中也有我一份微小的贡献。"这是契诃夫名剧《万尼亚舅舅》里的一段台词。如果用最简单的话来表述契诃夫创作的主要意义,那就是:契诃夫不厌其烦地要让人知道,人应该做一个有精神追求的人。而在这段台词里,契诃夫对于人的崇高精神追求作了极富诗意的表达。在这里,人超越了自我,把小我化入大我,自觉地、满怀信心地把自己的生命存在与创造,融入历史时空与造物主的创造之中。三年前,我翻译过《万尼亚舅舅》全剧,译到这

段台词时,我感到心里涌起了一股暖流。

在我的剧本《我是海鸥》里,则对"契诃夫种树"作了低调处理。我写了这样一个场景:

> 契诃夫　姑娘,我看你心情不太好。
>
> 女演员　我很累,很烦恼。
>
> 契诃夫　是的,无处不在的生存竞争,让人的生存失去了诗意。
>
> 女演员　那该怎么办呢?
>
> 契诃夫　找块空地,种几棵树,然后看它们如何一年年长大成荫。我心里一有烦恼,就去种树。我已经种植了一大片树林子了,可见我有过多少多少的烦恼呀!

《我是海鸥》2010 年 1 月 30 日在北京蓬蒿剧场首演。这天恰好是契诃夫诞生一百五十周年。在剧场门口遇到程正民教授,他说今天天冷,本来不想来,但读到了我发在《新京报》上的文章,就决定来了。我的文章题目是《幸福的人首先是个自由的人》。文章里的哪一段文字引起程教授注意了呢? 可能是这一段吧:"1904 年 1 月 8 日,契诃夫给正在尼斯度假的作家蒲宁写信,信中的问候语却是:'代我向可爱的、温暖的太阳问好,向宁静的大海问好。'记得当年读到这里,不住地对自己说:契诃

夫真可爱……"有朋友看完戏感慨:"童先生真年轻!"他的感觉
是有道理的。在写作《我是海鸥》时,我把契诃夫的一句话当座
右铭写在日记本的扉页上:"随着年龄的增长,生命的脉搏在我
身上跳动得越加有力。"进入真正的创作状态,人会有精神上的
亢奋。契诃夫这句话是 1898 年说的,这是他创作力最旺盛的
时期,他著名的小说三部曲——《套中人》《醋栗》和《关于爱情》
就是这年完成的。

四

　　契诃夫是个什么样的人? 拉克申说:"契诃夫尽管生活在
19 世纪,但他的思想属于 20 世纪。"罗扎诺夫说:"他是和我们
一样的人,不过他更精致、更典雅。"

　　我写作第二个关于契诃夫的剧本时,就把这两位俄国学者
的话当作塑造契诃夫形象的指针。这个剧本名叫《契诃夫和米
齐诺娃》。米齐诺娃是契诃夫初恋的情人,是《海鸥》中妮娜一
角的生活原型。当然,剧本里有围绕《海鸥》首演产生的"飞短
流长",也有初恋情人间一定会出现的"儿女情长"。

　　把契诃夫给予我的感动,通过我的写作传递给别人,使其
他人也有了走近契诃夫的兴趣,这也是我的一大人生快事。